Militärputsch in Chile, Haft, dann Exil in Mexiko und Spanien: Roberto Bolaños Leben war dramatisch. Seine Erfahrungen verarbeitet der chilenische Schriftsteller auch in seinen bewundernswerten, höchst assoziativen Gedichten. Abwechselnd ruft er präzise, aber auch surreale Bilder auf, die eine schweifende Sehnsucht und das echte Leben darstellen. In diesem Buch vereint sind seine zwei Gedichtbände »Die romantischen Hunde« und »Drei«.

Roberto Bolaño wurde 1953 in Santiago de Chile geboren, lebte in seiner Jugend lange in Mexiko-Stadt und siedelte später mit seiner Familie nach Spanien um. Dort starb er 2003, im vergeblichen Warten auf eine Lebertransplantation, als er gerade an seinem Meisterwerk »2666« arbeitete.

In der Werkausgabe von Roberto Bolaño sind im Fischer Taschenbuch zuletzt »Mörderische Huren« (2022) und »Die Nöte des wahren Polizisten« (2022) erschienen.

Christian Hansen, 1962 in Köln geboren, lebt in Berlin und Madrid. Er übersetzt u. a. Werke von Roberto Bolaño, José Pablo Feinmann, Juan Goytisolo, Amin Maalouf, Alan Pauls, Sergio Pitol, Guillermo Rosales und Vizconde de Lascano Tegui.

Weitere Informationen finden Sie auf www.fischerverlage.de

ROBERTO BOLAÑO

Die romantischen Hunde

Gedichte

Aus dem Spanischen
von Heinrich von Berenberg
und Christian Hansen

FISCHER Taschenbuch

Aus Verantwortung für die Umwelt hat sich der S. Fischer Verlag zu einer nachhaltigen Buchproduktion verpflichtet. Der bewusste Umgang mit unseren Ressourcen, der Schutz unseres Klimas und der Natur gehören zu unseren obersten Unternehmenszielen.

Gemeinsam mit unseren Partnern und Lieferanten setzen wir uns für eine klimaneutrale Buchproduktion ein, die den Erwerb von Klimazertifikaten zur Kompensation des CO_2-Ausstoßes einschließt.

Weitere Informationen finden Sie unter: www.klimaneutralerverlag.de

FSC
www.fsc.org
MIX
Papier | Fördert gute Waldnutzung
FSC® C014496

Erschienen bei FISCHER Taschenbuch
Frankfurt am Main, November 2023

Dieser Band umfasst die spanischen Originalausgaben »Los perros románticos« (Editorial Lumen, Barcelona 2000; aus dem Spanischen von Heinrich von Berenberg) und »Tres« (El Acantilado, Barcelona 2000; aus dem Spanischen von Christian Hansen)

Druck und Bindung: GGP Media GmbH, Pößneck
Printed in Germany
ISBN 978-3-596-18787-4

DIE ROMANTISCHEN HUNDE

für Carolina López y Lautaro Bolaño

DIE ROMANTISCHEN HUNDE

Damals war ich zwanzig Jahre alt
und war verrückt.
Ein Land verloren,
aber einen Traum gewonnen.
Und träumte ich ihn,
war alles andere nicht mehr wichtig.
Weder arbeiten noch beten
oder lernen, morgens früh,
bei den romantischen Hunden.
Und der Traum lebte fort in meinem leeren Kopf.
Ein Zimmer aus Holz,
im Halbdunkel,
in einer dieser Tropenlungen.
Und manchmal kehrte ich in mich zurück,
den Traum besuchen: eine Statue, verewigt
in flüssigen Gedanken,
ein Wurm, ein weißer,
in Liebe zuckend.
Liebe, ausgerasteter.
Ein Traum in einem anderen.
Und der Albtraum sprach zu mir: du wächst.
Schmerz und Verirrung, diese Bilder lässt du hinter dir
und du vergisst.
Zu jener Zeit jedoch wär Älterwerden ein Verbrechen gewesen.
Und ich sprach: hier bin ich, bei den Hunden, den romantischen,
hier bleib ich.

SELBSTPORTRÄT MIT ZWANZIG JAHREN

Ich ließ mich gehen, drückte aufs Gas und wusste nie
wo ich landen würde. Ich hatte große Angst,
der Magen zog sich mir zusammen, es brummte mir der Kopf:
Ich glaub, es war die kalte Luft der Toten.
Keine Ahnung. Ich ließ mich ja gehen und fand, es wär doch schade
wenn so früh schon Schluss wär, aber andererseits
hörte ich den Ruf, geheimnisvoll und überzeugend.
Entweder du hörst ihn oder nicht. Ich hörte ihn.
Mir kamen fast die Tränen: ein schreckliches Geräusch,
geboren aus der Luft und aus dem Meer.
Ein Wappen und ein Schwert. Und dann
ließ ich mich gehen, der Angst zum Trotz
schmiegte ich meine Wange an die des Todes.
Und konnte einfach nicht die Augen zumachen, um jenes eigenartige
  Spektakel
nicht zu sehen, langsam, seltsam,
und doch Teil einer rasenden Wirklichkeit:
Tausende junger Menschen, so wie ich, im ersten Flaum,
oder schon mit Bart, aber alles Lateinamerikaner,
dem Tod die Wange bietend.

WIEDERAUFERSTEHUNG

Die Poesie taucht in den Traum
so wie ein Taucher in den See.
Die Poesie, tapferer als alle andern,
taucht ein und sinkt
wie Blei
in einen endlos tiefen See wie Loch Ness
oder trüb und unheilvoll wie der Balaton.
Betrachtet sie euch aus der Tiefe:
Ein Taucher
unschuldig
gehüllt ins Federkleid
des Willens.
Die Poesie taucht in den Traum,
ein toter Taucher
in Gottes Auge.

IM LESESAAL DER HÖLLE

Im Lesesaal der Hölle   Im Club
der Science-Fiction-Freaks
In den reifbedeckten Innenhöfen   In den Transit-Schlafsälen
Auf den Eisbahnen   Wenn alles schon viel klarer wirkt
Und jeder Moment ist besser und nicht mehr so wichtig,
Zigarette im Maul, Schiss in der Hose   Manchmal die
grünen Augen   Und 26 Jahre   Stets zu Diensten

SONI

Ich bin in einer Bar, und einer hier heißt Soni
Der Boden voller Asche   Wie ein Vogel,
wie ein einziger Vogel kommen hier zwei Greise
Archilochos und Anakreont und Simónides   Elende
Mittelmeer-Absteigen   Nicht lange fragen, was ich mach,
nicht daran denken, dass ich hier mit einer blassen reichen
jungen Frau zusammen war   Trotzdem wurd ich rot, nur das erinnere
  ich,
die Scham, das Wort, das gleich nach Leere kommt
Soni! Soni!   Ich hielt sie an den Schultern fest und rieb
meinen Schwanz an ihrer Hüfte   Der Hund bellte auf der Straße
weiter unten war ein Kino, und als ich gekommen war
dachte ich »zwei Kinos« und wie der leere Archilochos, Anakreont,
Simonides mit Weidenzweigen sich umhüllen   Der Mensch
sucht nicht das Leben, sagte ich, hielt ihre Schultern fest und
fickte sie wie ein Maschinengewehr   Es knirschte etwas zwischen
den Hundeohren.   Knacks!   Wir sind verloren
Fehlt nur noch, dass du krank wirst, sagte ich   Und Soni
lief weg von seinem Rudel   Im Licht der schmutzigen Scheiben
erstrahlte er wie ein Gott, der Schreiber
schloss die Augen

ERNESTO CARDENAL UND ICH

Ich lief, ich schwitzte, die Haare hingen mir
ins Gesicht
als ich Ernesto Cardenal erblickte, der in
entgegengesetzter Richtung lief
und wie zum Gruß sagte ich
Padre, im Himmelreich,
welches der Kommunismus ist,
haben die Homosexuellen da einen Platz?
Ja, sagte er.
Und die reuelosen Wichser?
Die Sexsklaven?
Die Spaßvögler?
Die Sadomasochisten, Nutten, Klistierficker,
alle, die es nicht mehr aushalten, alle die, echt,
nicht mehr können?
Und Cardenal sagte ja.
Und ich erhob den Blick
und die Wolken kamen mir vor
wie Katzenlächeln, sanftes Rosa
und die Bäume, die den Hügel säumten
(den wir hinaufmüssen)
schüttelten ihre Zweige.
Die wilden Bäume, als wollten sie sagen
eines Tages, eher früher als später, wirst du
in meine Gummiarme sinken, meine sehnig
kalten Arme. Eine Pflanzenkälte
dass sich dir die Haare sträuben werden.

BLUTIGER REGENTAG

Ach, Regentag, getaucht in Blut
was treibst du in der Seele der Schutzlosen,
blutiger Tag, der eine Willensregung grad mal ahnen lässt:
hinter dem Binsenvorhang, im Morast,
Finger, Füße starr vor Schmerzen
wie ein zitterndes, ein kleines Tier:
Aber du, du bist ja gar nicht klein, du zitterst ja vor Wonne,
Tag, eingehüllt in die Insignien des Willens,
voller Schrecken, wie gebannt, in einem Sumpf, der vielleicht
nicht ist von dieser Welt, barfuß im Traum, der reicht
vom Herzen bis zu unseren Bedürfnissen,
vom Zorn zum Sehnen. Binsenvorhang
der sich öffnet, uns beschmutzt und uns umarmt

DER WURM

Lasst uns danksagen für unsere Armut, sagte der zerlumpte Mann.
Mit eigenen Augen sah ich ihn: Er lungerte herum in einem Dorf mit flachen Häusern aus Zement und Backsteinen, irgendwo zwischen Mexiko und den USA.
Lasst uns danksagen für unsere Lust an der Gewalt, möge sie auch steril wie ein Gespenst sein und zu gar nichts führen,
so wie diese Straßen, die auch nirgendwohin führen.
Ich sah ihn mit eigenen Augen: Er fuchtelte vor einem rosa Hintergrund
der schwarz nicht werden wollte, ach, ihr Dämmerungen an der Grenze,
gelesen und verloren ein für alle Mal.
Dämmerungen, die Lisas Vater einhüllten
Anfang der fünfziger Jahre.
Dämmerungen, die Mario Santiago vorüberfahren sahen,
auf und nieder, starr vor Kälte, auf dem Rücksitz
eines Schmugglerautos. Dämmerungen
endlos weiß und endlos schwarz.

Mit diesem Auge sah ich ihn: er sah aus wie ein Wurm mit Strohhut
und Killerblick
und er bereiste die Dörfer im Norden Mexikos
wie verloren, vom eigenen Geist verlassen
und von dem großen Traum, den alle träumten,
und seine Worte, mein Gott!, fürchterlich.

Er sah aus wie ein Wurm mit Strohhut,
Klamotten weiß
und Killerblick.
Und wie ein Kreisel fuhr er
durch die Dörfer im Norden Mexikos
aber ohne den Schritt zu wagen,

den Entschluss,
hinabzusteigen in die Hauptstadt.
Mit diesem Auge sah ich ihn
kommen und gehen
unter Hausierern und Betrunkenen,
gefürchtet,
das Wort, beschädigt von Straßen
mit Häusern aus Beton.
Er sah aus wie ein Wurm mit Strohhut
eine Bali zwischen den Lippen
oder eine filterlose Delicado.
Von einer Seite seiner Träume reiste er
zur anderen,
wie ein Erdwurm
der seine eigene Verzweiflung hinter sich her zerrt
und sie dabei frisst.

Weißer Wurm mit Strohhut
unter Nordmexikos Sonne,
in einer Erde, satt von Blut und Lügenworten
von der Grenze, Tor der Leichen, das Sam Peckinpah schon sah,
Tor des Ruhelosen Geistes, Peitsche aller Peitschen
und der verfluchte weiße Wurm, da war er,
mit seinem Strohhut und der Kippe,
die ihm von der Unterlippe hing, und immer mit dem ewig
gleichen Killerblick.

Ich sah ihn und ich sagte: im Kopf, da hab ich drei Geschwüre,
die Wissenschaft kann nichts mehr für mich tun.
Ich sah ihn, und ich sagte, aus dem Weg, du Wichser!
Die Poesie ist tapferer als alle,
die blutbespritzte Erde kann mich mal, der ruhelose Geist
hat nichts Erschütterndes für mich.

Von diesen Albträumen bewahr ich künftig nur
die armen Häuser
jene Straßen, leergefegt vom Wind,
aber seinen Killerblick, den nicht.

Er sah aus wie ein Wurm mit seinem Strohhut
und automatischer Pistole unterm Hemd
redete dauernd mit sich selbst und irgendwelchen Leuten
über ein Nest, mindestens
tausend, zweitausend Jahre alt,
oben im Norden, nah der Grenze
zu den USA,
ein Ort, der immer noch existiert,
vierzig Hütten, sagen wir mal,
zwei Kneipen
ein Laden für was Essbares,
Dorf der Rächer und der Mörder
wie er selbst,
Häuser aus Beton, mit Innenhöfen aus Zement,
wo die Augen am Horizont klebten
(dem Horizont, fleischfarben
wie die Schulter eines Todgeweihten).
Und was erwarteten sie, was sollte dort erscheinen?, fragte ich.
Der Wind, der Staub, vielleicht.
Ein minimaler Traum,
in den sich aber
ihre ganze Sturheit, all ihr Willen eingegraben hatte.

Er sah aus wie ein Wurm mit Strohhut und Delicado,
die ihm von der Unterlippe hing.
Wie ein zweiundzwanzigjähriger Chilene, der das
Café La Habana betrat,
eine blonde junge Frau im Blick,

die weiter hinten sitzt,
im Vagabunden-Geist.
Wie Mario Santiagos Wanderungen in tiefer Nacht.
Im Vagabunden-Geist.
In Zauberspiegeln.
Im Wirbelsturm von Mexiko DF.
Und hast du nicht gesehen
waren sie wieder da, die abgeschnittenen Finger.
Abgeschnittene Finger,
zerbrochen,
verstreut
im Äther über Mexikos Hauptstadt.

LUPE

Sie arbeitete in Guerrero, ein paar Straßen weiter von Juliáns Wohnung,
sie war siebzehn und hatte ein Kind verloren.
Sie musste weinen, wenn sie sich erinnerte, da, im Zimmer, im Hotel
Trebol,
geräumig, dunkel, mit Bidet und Klo, der ideale
Platz, um ein paar Jahre auszuhalten. Der ideale Platz zum Schreiben,
Memoiren, apokryphe, oder einen Kranz Horrorgedichte. Lupe
war schlank und hatte lange Beine, gefleckt wie bei den Leoparden.
Beim ersten Mal bekam ich nicht mal eine Erektion:
Hatte ich auch nicht erwartet. Lupe erzählte von ihrem Leben
und von dem, was für sie das Glück war.
Nach einer Woche sahen wir uns wieder. Ich traf sie
an einer Straßenecke mit anderen Kindernutten,
sie lehnte an den Kotflügel eines alten Cadillacs.
Ich glaube, wir freuten uns über das Wiedersehen. Von da an
begann mir Lupe, Dinge aus ihrem Leben zu erzählen, mal unter
Tränen,
mal beim Vögeln, fast immer nackt im Bett, den Blick geheftet an die
Zimmerdecke,
Hand in Hand mit mir.
Ihr Sohn kam krank zur Welt, und Lupe versprach der Jungfrau,
sie werde das Gewerbe an den Nagel hängen, wenn ihr Baby nur gesund
blieb.
Ein, zwei Monate hielt sie ihr Gelöbnis, dann musste sie weitermachen.
Dann starb ihr Sohn, und Lupe sagte, schuld daran sei sie,
sie hätte ihr Versprechen nicht gehalten.
Die Jungfrau holte sich das Engelchen wegen eines nicht gehaltenen
Versprechens.
Mir fiel dazu nichts ein.
Sicher, Kinder mochte ich,

aber noch sollte es dauern, bis ich wusste,
was es heißt, ein Kind zu haben.
Und so schwieg ich, dachte daran, wie merkwürdig das war,
die Stille in jenem Hotel.
Entweder waren die Mauern reichlich dick oder wir die einzigen Gäste
oder die übrigen machten nicht einmal den Mund auf, wenn sie
  stöhnten.
Es war so einfach, Lupe zu etwas zu bringen und sich wie ein Mann zu
fühlen, wie ein Haufen Elend. Es war so einfach, sich an ihren Rhythmus
anzupassen und ihr dabei zuzuhören
wie sie die Horrorfilme nacherzählte, die sie gesehen hatte,
im Kino in der Calle Bucareli.
Ihre Leopardenbeine knoteten sich um meine Hüfte
und sie verbarg den Kopf an meiner Brust und suchte nach den
  Brustwarzen
oder dem Schlag des Herzens.
Da will ich dir einen blasen, sagte sie eines Nachts.
Häh, Lupe? Am Herzen.

DIE KANONIERE

In diesem Gedicht sind sie zusammen, die Kanoniere.
Weiß die Gesichter, die Hände
die Körper umschlingend oder in den Taschen.
Die einen mit geschlossenen Augen oder zu Boden blickend.
Die anderen dich betrachtend.
Augen, leer geworden mit der Zeit. Sie kehren
zueinander zurück nach diesem Intervall.
Sich wiederzubegegnen gibt ihnen bloß
die Gewissheit, dass sie einst zusammen waren.

DIE FRANZÖSIN

Eine kluge Frau
Und schön.
Und kannte alle Varianten, alles, was so ging.
Las Aphorismen von Duchamp, Erzählungen von Defoe.
Normalerweise mit bewundernswerter Selbstkontrolle,
Außer wenn sie deprimiert war oder sich betrank,
Das konnte zwei, drei Tage dauern,
Ein Nacheinander von Bordeaux und Valium,
Das frösteln machte.
Dann erzählte sie meist Geschichten, die ihr
Passiert waren als sie 15, 18 Jahre alt war.
Ein Horror-Sexfilm,
Nackte Körper, schmutzige Sachen am Rande des Erlaubten,
Schauspielerin aus Berufung und mit seltsam geizigen Anwandlungen.
Ich lernte sie kennen, als sie grade 25 war,
In einer Zeit, als nicht viel los war.
Ich glaub, sie hatte Angst vorm Alter und dem Tod.
Alter, das waren für sie dreißig Jahre.
Dreißigjähriger Krieg,
Die dreißig Jahre, die Christus alt war, als er zu predigen begann,
Ein Alter, so wie jedes andere, sagte ich zu ihr, als wir zu Abend aßen
Beim Kerzenschein
Und dem Gegrübel des literarischsten der Flüsse des Planeten zusahen.
Aber das, worauf es uns ankam, war was anderes:
Das, was uns band, verstrickt in Langsamkeit,
Die Gesten
Wunderbar verzögert
Von der nervösen Regellosigkeit,
In dunklen Betten,
Die geometrische Multiplikation der leeren Vitrinen

Im hohlen Raum der Wirklichkeit,
Unser Absoluter,
Unser Voltaire,
Unsere Philosophie im Schlafzimmer und im Boudoir,
Wie eine schlaue junge Frau doch sagte,
Mit dieser seltenen hellsichtigen Tugend
(Für uns Lateinamerikaner selten)
Aber so weit verbreitet in ihrer Heimat,
Wo auch die Halsabschneider noch ein Sparbuch haben
Sie war da keine Ausnahme,
Sparbuch und Foto von Tristán Cabral,
Die Sehnsucht nach dem Nicht-Gelebten,
Und jener viel besungene Fluss, er schleppte unterdessen eine moribunde Sonne mit sich
Und über seine Wangen kullerten die billigen Tränen.
Ich will nicht sterben, flüsterte sie, wenn sie kam
Im scharf umrissenen Dämmerlicht des Schlafzimmers
Und ich, ich wusste nichts zu sagen, ehrlich,
Mir fiel nichts ein,
Nur, sie zu streicheln und zu halten, während sie zuckte
Auf und nieder wie das Leben,
Auf und nieder, so wie Frankreichs Dichter
Unschuldig, gezüchtigt,
Bis der Planet Erde sie wiederhatte,
Von ihrem Lippen tropften
Landschaften der Jugend, die mit einem Male unser Zimmer füllten
Mit Duplikaten, weinend auf den Rolltreppen der Metro,
Duplikaten, gleichzeitig zwei Typen vögelnd fickend
Während draußen Regen fiel
Auf Müllsäcke und liegengelassene Pistolen
Der Regen, der alles wäscht
Nur nicht das Gedächtnis oder die Vernunft.
Klamotten, Lederjacken, italienische Stiefel, feine Spitzen

Zum Verrücktwerden und
Um sie verrückt zu machen,
Sie kamen und verschwanden wieder aus unserem Zimmer,
phosphoreszierend, pulsierend,
Und Spuren anderer, weniger intimer Abenteuer
Blitzten wie Glühwürmchen in ihren verletzten Augen.
Eine Liebe, die nicht lange dauern konnte
Aber am Ende unvergesslich bleiben muss.
So redete sie,
Am Fenster sitzend,
Ihr Antlitz schwebend in der Zeit,
Und ihre Lippen: wie die einer Statue.
Unvergesslich, diese Liebe
Im strömenden Regen und
Unter einem antennengespickten Himmel, wo verschmolz
Der Stuck des achtzehnten
Mit der Taubenscheiße des zwanzigsten Jahrhunderts
Und dazwischen
Die unerschöpfliche Gabe, Schmerz zu erzeugen,
Unbesiegt von all den Jahren
Und von großer Liebe
Unvergesslicher
Ja, so redete sie.
Eine Liebe, unvergesslich
Und ganz kurz
So wie ein Wirbelsturm?
Nein, wie der Atemzug in einem von der Guillotine abgeschnittenen
Kopf,
Von einem König oder bretonischen Grafen.
Kurz wie die Schönheit,
Absolute Schönheit,
Mit all der Größe und dem Elend dieser Welt
Sichtbar nur für die, die lieben.

AFFE IM FREIEN

Weißt du noch? »Triumph Alexanders des Großen« von
Gustave Moreau?
Schönheit und Schrecken, der gläserne Moment, in dem der Atem
stockt.
Du aber bist nicht stehen geblieben im Dämmerlicht unter dieser
Kuppel,
erleuchtet von den grellen
Strahlen der Harmonie. Nicht mal der Atem stockte dir.
Du liefst herum, ruheloser Affe unter Göttern,
denn du wusstest – oder auch nicht – dass der »Triumph«
die Waffen unter Platons Höhle schmiedet: Bilder,
Schatten ohne Inhalt, Herrschaft der Leere. Du wolltest gern
den Baum hinauf, bis zu dem Vogel, zu dem was
von einer armseligen Feier unter freiem Himmel übrig blieb, das öde
Land
von Blut bewässert, Ort eines Verbrechens, wo
die Standbilder der Fotografen und der Polizisten grasen, und das
kämpferische Leben
in der Wildnis. Ach, das kämpferische Leben in der Wildnis!

VERDRECKT, VERLOTTERT

Auf der Hundestraße traf meine Seele
mein Herz. Am Boden zerstört, aber lebendig,
verdreckt, verlottert und voll der Liebe.
Auf der Hundestraße, dort, wo niemand laufen mag.
Einer Straße, wo nur die Dichter unterwegs sind,
wenn nichts mehr zu tun bleibt.
Ich aber hatte noch so viel zu tun!
Und dennoch: Da war ich, ließ mich töten
von den roten Ameisen und auch
von den schwarzen, unterwegs in den
verlassenen Dörfern: Angst und Schrecken
aufgetürmt bis zu den Sternen.
Ein Chilene, aufgewachsen in Mexiko, hält alles aus,
fand ich, aber das war nicht die Wahrheit.
In den Nächten weinte mein Herz. Fluss des Seins, so sprachen
ein paar fiebrige Lippen, die ich später als die eigenen identifizierte,
Fluss des Seins, oh, Fluss des Seins, Ekstase,
die sich an den Ufern dieser verlassenen Gefilde einschmiegt.
Philosophen und Theologen, Seher und
Wegelagerer tauchten auf
wie wässerige Wirklichkeiten in einer aus Metall.
Nur aus Fieber und Dichtung entstehen Visionen.
Aus Liebe und Gedächtnis.
Nicht aus jenen Wegen, Ebenen.
Jenen Labyrinthen.
Und meine Seele traf am Ende auf mein Herz.
Das war krank, ja, ja, aber lebendig.

ICH TRÄUMTE VON VEREISTEN DETEKTIVEN

Ich träumte von vereisten Detektiven im großen
Kühlschrank von Los Angeles
Im großen Kühlschrank von Mexiko DF.

DIE DETEKTIVE

Ich träumte von Detektiven, verloren in der dunklen Stadt.
Ich hörte sie schreien, kotzen und wie sie sich, sehr elegant,
Davonstahlen.
Ich träumte von zwei Malern, keine
40 waren sie, als Kolumbus
Amerika entdeckte.
(Einer zeitlos klassisch, der andere
Stets modern,
So wie die Scheiße)
Ich träumte von einer leuchtenden Spur,
Der Spur der Schlange,
Auf der ein ums andere Mal
Die Detektive gewandelt waren,
Absolut verzweifelt,
Ich träumte von einem verzwickten Fall,
Flure voller Polizisten,
Endlose Fragebögen, keiner weiß die Antwort,
Die schändlichen Archive,
Und dann erblickte ich den Detektiv
Wie er zurück zum Tatort ging,
Allein, ganz ruhig,
So wie im allerschlimmsten Albtraum,
Ich sah, wie er sich auf den Boden setzte und rauchte
In einem Schlafzimmer voller trockenen Bluts
Und unterdessen rückten sie voran,
Die Uhrzeiger,
Verborgen von der endlosen Nacht.

DIE VERIRRTEN DETEKTIVE

Die Detektive, verirrt in der dunklen Stadt.
Ich hörte ihr Stöhnen
Hörte ihre Schritte im Teatro de la Juventud.
Eine Stimme wie ein Pfeil.
Schatten der Cafés und Parks
Tummelplätze der Jugend.
Detektive, die ihre
Offenen Hände betrachten,
Das Schicksal, bespritzt vom eigenen Blut.
Und du, du kannst dich nicht einmal an sie erinnern
Die Wunde, wo sie war,
Und die Gesichter, die du einst geliebt hast,
Die Frau, die dir das Leben rettete.

DIE ZU EIS ERSTARRTEN DETEKTIVE

Ich träumte von zu Eis erstarrten Detektiven, lateinamerikanischen,
die versuchten, im Schlaf
die Augen aufzuhalten.
Ich träumte von fürchterlichen Verbrechen
von vorsichtigen Typen
die versuchten, nicht in die Blutlachen zu tappen
und zugleich mit einem Blick
den Ort des Verbrechens zu überblicken.
Ich träumte von verlorenen Detektiven
im konvexen Spiegel des Arnolfini:
von unserer Zeit, unseren Perspektiven,
unseren Horrorszenarien.

FRAGMENTE

Kaputter Detektiv … Und fremde Städte
mit Theatern, die griechische Namen tragen
Die Jungs aus Mallorca haben sich umgebracht
auf dem Balkon um vier Uhr morgens
Die Mädels sahen zum Fenster hinaus
als sie den ersten Schuss hörten
Dionysos Apollo Venus Herkules …
Bunt gemischt   Morgendämmerung
über den Häuserzeilen
Ein Typ, der im Auto Nachrichten hört
Und Regen trommelt auf das Blechdach
Orpheus …

EDNA LIEBERMANS GESPENST

Sie besuchen dich zur dunkelsten Stunde
all deine verlorenen Geliebten.
Der Schotterweg, der zum Irrenhaus führt,
liegt wieder da, so wie die Augen von Edna Lieberman,
so wie einzig und allein ihre Augen
über den Städten aufgehen konnten
um dort zu strahlen.
Und wieder strahlen sie für dich
Ednas Augen
hinterm Feuerreifen
der er früher war, der Schotterweg,
der Pfad, den du nachts entlangliefst,
hin und zurück,
ein ums andere Mal,
sie suchend, oder
deinen Schatten?
Still wachst du auf
und Ednas Augen
sie sind da.
Zwischen Mond und Feuerreifen
liest sie ihre mexikanischen Dichter
die Favoriten.
Und Gilberto Owen,
hast du den gelesen?
sagen ihre Lippen, tonlos,
sagt dein Atem
und dein Blut, das zirkuliert
so wie der Strahl eines Leuchtturms.
Aber es sind ihre Augen, dieser Leuchtturm,
der durch deine Stille zieht.

Ihre Augen wie ein Buch
der idealen Geographie:
Landkarten eines reinen Albtraums.
Und in deinem Blut erstrahlen
die Regale voller Bücher, und die Stühle
voller Bücher, und der Boden
übersät mit Bücherstapeln.
Aber Ednas Augen
suchen nur nach dir.
Ihre Augen sind das
meistgesuchte Buch.
Zu spät
hast du kapiert, aber
es ist nicht wichtig.
Im Traum streckst du
wieder ihre Hände aus,
und bittest um nichts mehr.

BESUCH BEI EINEM GENESENDEN

Es ist 1976, und die Revolution ist besiegt
aber das wissen wir noch nicht.
Wir sind 22, 23 Jahre alt.
Mario Santiago und ich laufen durch eine schwarz-weiße Straße.
An ihrem Ende, in einer Umgebung wie aus einem
  Film der fünfziger Jahre, liegt das
    Haus der Eltern von Darío Galicia.
Es ist 1976, und Darío Galicia haben sie den Schädel aufgemacht.
Er lebt, die Revolution ist besiegt, es ist ein schöner Tag,
trotz der dunklen Wolken, die langsam von Norden her über das Tal
  wegziehen.
Darío liegt auf dem Sofa, als er uns empfängt.
Erst aber reden wir mit seinen Eltern, zwei
  schon älteren Leuten. Señor und Señora Ardilla, die
    von einem grünen Ast, der in den Traum hineinragt, zuschauen,
      wie der Wald zu brennen anfängt.
Und die Mutter betrachtet uns und sieht uns nicht, oder Dinge von uns,
  von denen wir nichts wissen.
Es ist 1976, und obwohl alle Türen offen scheinen, könnten wir hören,
  wenn wir nur gut hinhörten,
wie sich
eine nach der anderen schließt.
Die Türen: Eisenteile, Stahlplatten, gepanzerte,
und eine nach der anderen fällt sie zu im Film
der Unendlichkeit.
Aber wir sind 22 oder 23 Jahre alt, und die Ewigkeit kann uns nicht
  schrecken.
Darío Galicia haben sie den Schädel aufgemacht. Zwei Mal!
Eines der Aneurysmen ist im Schlaf geplatzt.
Die Freunde sagen, er habe das Gedächtnis verloren.

Also zwängen Mario und ich uns zwischen mexikanischen Filmen aus den vierziger Jahren hindurch,
zu seinen dürren Händen, die in einer Geste friedlicher Erwartung auf seinen Knien ruhen.
Es ist 1976, und wir sind in Mexiko, und die Freunde sagen, Darío habe alles vergessen,
sogar seine Homosexualität.
Und Daríos Vater sagt, alles hat auch sein Gutes.
Und draußen regnet es in Strömen:
Im Innenhof der Mietskaserne fließt der Regen über Flur und Treppen,
er tropft von den Gesichtern von Tin Tan, Resortes und Calambres
die über das undurchsichtige 1976 wachen.
Und Darío fängt an zu sprechen. Er ist aufgeregt.
Er freut sich, dass wir gekommen sind, ihn zu besuchen.
Seine Stimme klingt wie die eines Vogels: ganz hoch, eine andere Stimme,
als ob sie was mit seinen Stimmbändern gemacht haben.
Die Haare wachsen schon wieder, aber man sieht noch die Narben.
Mir geht es gut, sagt er.
Manchmal ist das Träumen so eintönig.
Ecken, Gegenden, unbekannt, aber aus demselben Traum.
Natürlich hat er nicht vergessen, dass er homosexuell ist
(wir lachen),
er hat ja auch nicht vergessen, wie man atmet.
Ich war drauf und dran zu sterben, sagt er, nachdem er lange überlegt hat.
Für einen Moment glauben wir, er fängt gleich an zu weinen.
Aber nicht er ist es, der weint.
Auch Mario nicht, ich auch nicht.
Und doch weint jemand, während es dämmert, unbeschreiblich langsam.
Und Darío sagt: Sich verpissen, ein für alle Mal, und redet dann von Vera, die mit ihm im Krankenhaus war, und von den Gesichtern, die Mario und ich nicht kennen und die er jetzt auch nicht wiedererkennt.
Die Reise, schwarz-weiß, aus den Filmen der Vierziger-Fünfziger.

Pedro Infante und Tony Aguilar, in Polizeiuniformen, wie sie auf ihren
Motorrädern
durch Mexikos ewige Dämmerung fahren.
Und jemand weint, aber nicht wir.
Wenn wir genau hinhörten, könnten wir hören, wie die Türen der
Geschichte zufallen,
oder die des Schicksals.
Wir aber hören nur den Schluckauf von jemandem, der weint,
der irgendwo weint.
Und jetzt liest Mario Gedichte.
Er liest Darío Gedichte vor, Marios schöne Stimme,
während draußen der Regen fällt,
und Darío flüstert, wie sehr ihm die französischen Dichter gefallen.
Dichter, die nur er, Mario und ich kennen.
Jungs aus der zu jener Zeit noch unvorstellbaren Stadt Paris
mit Augen, rot vom Selbstmord.
Die mag er!
So wie ich 1968 Mexikos Straßen mochte.
Ich war fünfzehn, gerade angekommen.
Ein Emigrant von fünfzehn Jahren, aber die Straßen von
Mexiko erzählten mir als allererstes,
hier seien alle Emigranten, Geistesemigranten.
Ach, jene wundervollen, federleichten, fürchterlichen
Straßen Mexikos, über dem Abgrund schwebend
während die anderen Städte dieser Welt
im Einerlei versinken, in der Stille.
Und die Jungs, die tapferen schwulen Jungs,
gezeichnet wie phosphoreszierende Heilige
in allen diesen Jahren,
von 1968 bis 1976.
Wie ein Zeittunnel, ein Loch, das sich auftut,
wo du es am wenigsten erwartest,
das metaphysische Loch der schwulen Jugend, die,

tapferer als alle anderen!, der Poesie sich stellt
und dem Verhängnis.
Aber wir sind im Jahre 1976, und der Kopf von Darío Galicia trägt
die unauslöschlichen Spuren einer Schädelöffnung.
Es ist das Jahr, das den Abschieden vorausgeht
und voranschreitet wie ein Riesenvogel unter Drogen
durch Straßen ohne Ausweg in einer Gegend
wo die Zeit stillzustehen scheint.
Wie ein Strom aus schwarzer Pisse, der sich
um Mexikos Hauptarterie ringelt,
ein Strom, beschwatzt, befahren von den schwarzen Ratten aus
Chapultepec,
Wortfluss, flüssiger Ring der in der Zeit verschwundenen Gegenden.
Und wenn auch Marios Stimme, und auch die jetzt von Darío,
spitz wie aus einem Comic,
unsere finstere Stimmung mit Wärme füllen,
so weiß ich doch, dass in den Bildern, die uns mit
vorweggenommener Frömmigkeit betrachten,
den transparenten Ikonen der mexikanischen Passion,
die große Warnung steckt und auch das große Verzeihen,
jenes Unnennbare, Teil des Traums, den wir so viele Jahre später
in lauter Worte kleiden werden, die alle Niederlage bedeuten.
Das Fiasko der wahrhaftigen Poesie, die, welche wir
mit Blut geschrieben haben.
Und Samen und Schweiß, sagt Darío.
Und Tränen, sagt Mario.
Und keiner von uns dreien weint.

GODZILLA IN MEXIKO

Pass auf, mein Sohn: Die Bomben fielen
auf Mexikos Hauptstadt
aber niemand merkte was.
Die Luft trug das Gift durch
die Straßen und die offenen Fenster.
Du hattest gegessen und saßest vorm Fernseher,
Zeichentrickfilme.
Ich las im Zimmer nebenan
als ich merkte, dass wir jetzt gleich starben.
Ich kroch trotz Übelkeit und Schwindel
bis ins Esszimmer und fand dich auf dem Boden liegend.
Wir umarmten uns. Du fragtest, was denn los sei
und ich sagte nicht, jetzt liefe das Programm des Todes
sondern, dass wir jetzt auf Reisen gingen,
wieder mal, zusammen, und du bräuchtest keine Angst zu haben.
Als er dann ging, schloss uns der Tod nicht einmal
die Augen.
Wer sind wir? Fragtest du eine Woche oder ein Jahr später,
Ameisen, Bienen, falsche Zahlen
in der stinkenden Suppe des Zufalls?
Wir sind Menschenwesen, mein Sohn, fast so was wie Vögel,
öffentliche und heimliche Helden.

Übel zugerichtet in einer Bar, die mein Triumph sein könnte, oder auch nicht,
wie ein mexikanischer Bauerntrampel mit feinem schwarzem Schnurrbart,
Leinenanzug mit Silberbordüren, verkündete ich,
ohne viel nachzudenken, mein Urteil über das bittere Los der spanischen Sprache.
Es gibt
Keinen größeren Dichter als Juan Ramón Jiménez, sprach ich, und keine erhabeneren Verse
In der Goten-Lyrik des 20. Jahrhunderts als jene, die ich im Folgenden rezitiere:
Mare, me jeché arena zobre la quemaura.
Te yamé, te yamé dejde er camino ...! Nunca
Ejtubo ejto tan zolo! Laj yama me comían
*Mare, y yo te yamaba, y tu nunca benía!**
Dann schwieg ich, bis über beide Ohren versunken
in meine Gesichter
Und dachte an Juan Ramón und an die Inseln,
schwellend,
trennend, sich vereinigend.
Wie ein der Hölle entsprungener mexikanischer Bauerntrampel, sagte Stunden
oder Tage später
die Frau, mit der ich zusammen war. Schon möglich.
Wie ein vom Höllenrost gesprungener mexikanischer Bauerntrampel
Unter tausend Unschuldigen.

* »Mutter, ich rieb mir Sand auf die Verbrennungen / Ich rief nach dir, ich rief nach dir von unterwegs! Nie / War ich jemals so allein! Die Flammen fraßen mich / Mutter, und ich rief nach dir, und du bist nicht gekommen! (Ramón Jiménez, »La Carbonerilla quemada«, 1944)

DINO CAMPANA BLICKT IN DER PSYCHIATRIE VON CASTEL PULCI ZURÜCK AUF SEIN LEBEN

Ich war für die Chemie bestimmt, die reine Chemie.
Aber ich wollte lieber Vagabund sein.
Noch in den Stürmen des Planeten erkannte ich die Liebe meiner Mutter.
Erblickte Augen ohne Körper, schwerelose Augen, die mein Bett
umtanzten.
Sie sagten, im Kopf, da sei ich nicht ganz richtig.
Ich fuhr mit Zügen, Schiffen, bereiste die Welt der Gerechten
zur frühen Stunde und zusammen mit bescheidensten Leuten:
Zigeunern, fahrendem Volk.
Ich stand früh auf oder ich schlief gar nicht. Zur Stunde,
wenn der Nebel sich noch nicht gehoben hat
und dich die Geister deiner Schlafbewacher vergeblich warnen.
Ich hörte sie, die Warnungen und die Rufe, konnte sie aber nicht
entziffern.
Sie waren gar nicht für mich bestimmt, sondern für die Schlafenden,
aber ich konnte sie nicht entziffern.
Unverständliche Worte, geknurrte, Schmerzensschreie, fremde
Zungen hörte ich, wohin ich ging.
Ich verrichtete die niedrigsten Arbeiten.
Ich fuhr durch Argentinien und ganz Europa zu der Stunde
wenn alles schläft und die Geister der Schlafbewacher erscheinen.
aber sie bewachten den Schlaf der anderen und ich konnte
ihre dringenden Botschaften nicht entziffern.
Vielleicht Fragmente, ja, und deshalb kam ich in die Irrenhäuser
die Gefängnisse. Fragmente,
lichterlohe Silben.
Ich glaubte nicht an das Danach, obwohl, manchmal,
vertraute ich dem Trugbild.
Ich war für die Chemie bestimmt, die reine Chemie.

PALINGENESE

Ich war mit Archibald MacLeish in der Bar
Los Marinos
In Barceloneta, und wir redeten gerade, als ich eine Gipsstatue
auftauchen sah
Die mühselig das Pflaster entlanggestakst kam. Mein
Gegenüber
Sah sie auch und schickte einen Kellner los, sie holen. Zu Anfang redete sie
minutenlang
Kein Wort. MacLeish bestellte eine Bouillon und
Tapas:
Meeresfrüchte, Brot, Tomaten, Öl und Bier:
San Miguel.
Ich begnügte mich mit einem Kamillentee und ein paar
Scheiben Brot
Vollkorn. Muss auf mich aufpassen, sagte ich. Da fing sie an zu
reden:
Die Barbaren kommen, flüsterte sie melodiös, eine
gestaltlose Masse,
Bis zum Rand gefüllt mit Heulen, Flüchen, eine lange Nacht
geworfen in die Luft und wieder aufgefangen,
Um die Vermählung zwischen Fett und Muskeln schön hervorzuheben.
Irgendwann
Erstarb die Stimme und sie machte sich über das Essen her. Eine
Frau
Verhungert, wunderschön, sagte MacLeish, unwiderstehliche
Versuchung
Für zwei Dichter aus der unbeugsamen Neuen Welt, wenn auch
verschiedenen
Idioms.
Ich gab ihm recht, ohne genau zu verstehen, was er

Meinte.
Und schloss die Augen. Und als ich erwachte, war MacLeish
gegangen. Die Statue
War noch da, ihre Überbleibsel auf der Straße ganz verstreut zwischen
dem
schiefen
Bürgersteig und alten Pflastersteinen. Der Himmel, Stunden vorher blau
noch,
war jetzt wieder
Schwarz wie Groll, unüberwindlicher. Es wird regnen, sagte
ein Kind
Barfüßig und mit grundlos zitternder Stimme. Wir betrachteten uns
eine Weile:
Mit den Fingern wies es auf die Gipsstücke am Boden.
Schnee, sagte es.
Du brauchst nicht zittern, antwortete ich, passiert schon nichts, der
Albtraum,
obwohl ganz schön nah,
Ist schon vorüber, fast ohne uns zu erwischen.

DIE KRANKENSCHWESTERN

Ein Kometenschweif aus Krankenschwestern macht sich auf den Weg
nach Haus.
Geschützt
von meinen Polaroids betrachte ich ihr Hin und Her.
Sie werden von der Dämmerung beschützt.
Kometenschweif aus Krankenschwestern, Skorpionenschweif.
Sie kommen und gehen.
Um sieben Uhr abends? Acht
Uhr abends?
Ab und zu schaut eine hoch und grüßt mich. Dann ist sie
beim Auto, fährt davon, ohne sich umzudrehen
von der Dämmerung geschützt wie ich von meinen Polaroids.
Zwischen diesen beiden Nichtverteidigungen haben wir Poe, den Krug.
Die Blumenvase, bodenlos, in der sämtliche Dämmerungen schon
enthalten sind,
alle die schwarzen Linsen, alle
Krankenhäuser.

DIE DÄMMERUNGEN VON BARCELONA

Was gibt's zu sagen von den abgesoffenen Dämmerungen über Barcelona.
Könnt ihr euch erinnern?
An Rusiñols Gemälde: *Erik Satie en el seu estudi*? So
Sind sie, die magnetischen Dämmerungen über Barcelona, wie
die Augen und
Der Haarschopf von Satie, die Hände von Satie, der
liebenswürdige
Rusiñol. Dämmerungen, bewohnt von Silhouetten,
erhabenen, der Herrlichkeit
Von Sonne und Meer, über diesen hängenden oder
unterirdischen Behausungen,
Errichtet von der Liebe. Stadt von Sara Gibert und
Lola Paniagua
Stadt der Spuren und vertrauten Bekenntnisse
alle absolut umsonst.
Stadt der Kniefälle und der Fesseln.

DIE GRIECHIN

Wir sahen, wie die Klippe sich in eine dunkelhaarige Frau verwandelte.
Eine Sekunde nur, so wie vom Sonnenlicht gestochen. Wie
Eines Gottes ausgerissene Wimpern, das Kind, vorausbestimmt,
An unserem ewigen Strand. Die Griechin, Griechin,
Riefen ein ums andere Mal die Mittelmeernutten, der herrliche
Wind: fliegt wie von selbst gesteuert, wie ein Bündel
Marmorstatuen, mit einer Maserung aus Blut und Willenskraft,
Wie ein diabolischer, vergnügter Plan, gestützt vom Himmel
Und von deinen Augen. Du, die du Stadt und Republik den Rücken
kehrst,
Wenn ich glaube, alles sei verloren, halte ich mich an deine Augen.
Und wenn die Niederlage uns endlich gnädig überzeugt, dass
Weiterkämpfen nutzlos ist, ich halte mich an deine Augen.

SEÑOR WILTSHIRE

Alles ist zu Ende, sagt die Stimme aus dem Traum, und jetzt bist du das
  Spiegelbild
von jenem Señor Wiltshire, Koprahändler in der Südsee,
der Weiße, der Uma heiratete und viele Kinder bekam,
der Case tötete und nie wieder heimkehrte nach England,
du bist wie der Lahme, den die Liebe in einen Helden verwandelte:
nie mehr wirst du heimkehren (aber welches ist sie, deine Heimat?),
nie wirst du ein weiser Mann, was sag ich, nicht einmal ein Mensch
mit funktionierendem Verstand, aber die Liebe und dein Blut
könnten dich einen Schritt tun lassen, unsicher, doch unausweichlich
  mitten
in der Nacht, und die Liebe, die ihn leitete, diesen Schritt, sie rettet dich.

REGEN

Es regnet, und du sagst, *es regnet, als weinten die Wolken.*
Und dann legst du die Hand auf den Mund und gehst
schneller. Als wollten diese jämmerlichen Wolken weinen?
Unmöglich. Aber dann, woher die Wut,
diese Verzweiflung, die uns alle irgendwann zum Teufel gehen lassen muss?
Die Natur verhüllt, was in ihr vorgeht, manchmal
im Geheimnis, ihrem Stiefbruder. So wird auch dieser Abend,
der dir vorkommt so wie einer kurz vorm Weltenende,
doch schneller als dir lieb ist einfach scheinen wie
ein Abend, x-beliebig, melancholisch, einsam und verloren
im Gedächtnis: Spiegel der Natur. Oder aber
du vergisst ihn. Weder der Regen noch das Schluchzen oder deine Schritte
wie sie klingen auf dem Weg entlang der Klippen haben irgendein Gewicht.
Jetzt kannst du weinen und dein Bild verschwimmen lassen
auf den Windschutzscheiben all der Autos, die entlang der Uferstraße
parken. Aber dich verlieren kannst du nicht.

DAS GLÜCK

Er kam zurück von einer Woche Arbeit auf dem Lande
im Hause eines Schweinehunds, es war Dezember oder Januar,
weiß nicht mehr so genau, jedenfalls war es kalt und als er zurück nach
    Barcelona kam
begann es zu schneien, und er nahm die U-Bahn und kam zur Ecke bei
der Wohnung seiner Freundin und rief sie an, sie solle runterkommen
und sich den Schnee ansehen. Schöner Abend, ganz bestimmt, und
seine Freundin lud ihn ein auf einen Kaffee, und dann liebten sie sich,
redeten viel, und viel später schlief er ein und träumte
er käme in ein Haus auf dem Lande und es schneite,
hinterm Haus, hinter den Bergen schneite es
und er saß fest im Tal und rief die Freundin an
und eine kalte Stimme (kalt, aber freundlich!) sagte
aus diesem makellosen Loch entwischen auch die Tapfersten nicht
es sei denn, mit viel Glück.

RÖNTGENSTRAHLEN

Betrachten wir mit Röntgenstrahlen die Wohnung des Patienten
dann sehen wir die Geister der Bücher in den stillen Regalen
oder aufgetürmt im Flur, auf Nachttischen und Tischen.
Wir sehen auch ein Heft mit Zeichnungen, mit Linien und Pfeilen
die sich verzweigen und sich kreuzen: Reisen in Begleitung
des Todes. Aber der Tod, er hat noch nicht gesiegt, dem
hochmütigen *aide-mémoire* zum Trotz. Die Röntgenstrahlen sagen uns,
die Zeit erweitere sich und ziehe sich zusammen wie der Schweif eines
Kometen
im Inneren der Wohnung. Das Leben, es bringt immer noch die
schönsten
Früchte. Und so wie das Meer Jaufré Rudel
die Vision der Liebe verhieß, ganz so verheißt dies Haus am Meer
seinem Bewohner den Traum vom Turm, zerstört und
aufgebaut.
Betrachten wir ihn dennoch, mit Röntgenstrahlen von innen,
den Menschen,
so sehen wir Knochen, Schatten, Geister all der Feste
und Landschaften in Bewegung, wie aus einem trudelnden Flugzeug.
Wir sehen die Augen, die er sah, die Lippen,
über die seine Finger strichen, einen Körper, entstiegen einem
Schneesturm.
Und wir sehen ihn, den nackten Körper,
so wie er ihn sah, die Augen und die Lippen, über die er strich,
und uns wird klar, da ist nichts mehr zu machen.

LETZTER LIEBESGESANG DES PEDRO J. LASTARRIA, ALIAS »EL CHORRITO«

Südamerikaner im Land der Goten,
Dies ist mein Abschiedslied
Jetzt, wo die Krankenhäuser fliegen
Hinweg über Frühstück und Teestunden
Mit einem Drive, den ich nicht anders kann
Als dem Tod zuzuschreiben.
Vorbei die Dämmerungen
Die lang studierten, vorbei auch
Die lustigen Spielchen,
Die zu gar nichts führen. Ich, Südamerikaner
Im feindlichen eher als
Gastlichen Land, bereite mich vor
Den langen, unbekannten Korridor
Zu betreten
Wo, wie sie sagen, die
Verpassten Gelegenheiten blühen.
Mein Leben war eine Kette
Verpasster Gelegenheiten,
Catull auf Latein gelesen,
Ich, der ich mich kaum traute
Sine qua non oder *Ad hoc* laut auszusprechen
In meines Lebens
Bitterster Stunde. Südamerikaner
In Goten-Hospitälern, was soll man
Anderes tun, als an die schönen Dinge denken,
Die ich einst erlebte?
Reisen der Kindheit, Eleganz
Der Väter und der Großväter, die Freigebigkeit

Meiner verlorenen Jugend und
Der verlorenen Jugend so vieler
Landsleute
Jetzt dienen sie mir als Balsam
Als harmloser Witz,
Losgelassen auf jene Einsamkeiten
Die die Goten nicht verstehen
Oder einfach anders.
Auch ich war elegant und generös:
Die Stürme wusste ich zu schätzen,
Das Liebesgestöhn in den Baracken
Und die Witwenklagen,
Die Erfahrung aber ist ein Schwindel.
Meine treuen Begleiter im Krankenhaus sind einzig
Meine vorsätzliche Unreife und
Der Abglanz, zu betrachten auf einem anderen Planeten
Oder von einem anderen Leben aus.
Die Monster-Kavalkade
Wo »El Chorrito«
Seinen großen Auftritt hat.
Südamerikaner im Niemandsland,
Ich tauche jetzt
In den See
Still wie mein Auge
Worin sich die Abenteuer des
Pedro Javier Lastarria brechen
Vom ersten Lichtstrahl bis in den zufälligsten Winkel,
Vom Sinus des
Brechungswinkels
Bis zur Konstante namens
Brechungsindex.
Im Klartext; die schlechten Dinge
Verwandelt in gute

In gloriose Erscheinungen
Die Fettnäpfe
Die Erinnerung an das, was schiefgegangen ist,
Verwandelt in Erinnerung
An Tapferes. Ein Traum
Vielleicht, aber
Ein Traum, den ich freihändig
Durchgestanden habe.
Soll niemand meinem Beispiel folgen
Aber wissen sollen sie
Dass es Lastarrias Muskeln waren
Die diesen Weg gebahnt haben.
Lastarrias Kreuz, sein
Zähneklappern,
Das die Schwarze Nacht
Der Seele erleuchtet,
Gedimmt, damit ich was von habe
Zum drüber nachdenken, hier, in dieser Ecke
Tief im Schatten
Wie ein Fieberstein
Wie eine Wüste, erstarrt
In meinem Wort.
Südamerikaner im Land
Der Schatten
Ich war stets
Ein *caballero*,
Jetzt bereite ich mich vor, bei meinem
Eigenen Abschiedsflug dabei zu sein.

MEIN LEBEN IM INTUBATIONSSCHLAUCH

Weil ich ein Zwerg war, gelb, mit angenehmen Gesichtszügen
Und schlau und nicht bereit, mich foltern zu lassen
In einem Arbeitslager oder einer Gummizelle
Steckten sie mich ins Innere dieser fliegenden Untertasse
Und sagten: Flieg deinem Schicksal entgegen. Aber was für ein Schicksal
Würde ich wohl finden? Das verfluchte Raumschiff ähnelte eher
Einem Fliegenden Holländer am Himmel dieser Welt, als ob
Fliehen von meiner Behinderung, meinem einzigartigen
Knochengerüst verlangte: Der Religion ins Angesicht zu spucken,
Ein seidiger Axthieb in die Schulter des Glücks,
Moral und Ethik hochhalten, Flucht nach vorne
Meine Henkersbrüder und unbekannten Geschwister
Alles Menschen letzten Endes, und neugierig, alles Waisen
Und blinde Spieler am Abgrund. Doch in der fliegenden Untertasse
Konnte mir das alles letztlich einerlei sein.
Oder weit weg. Oder zweitrangig. Die höchste Tugend meiner
  verräterischen Spezies
Ist die Kühnheit, vielleicht sogar die einzig wirkliche, tastbar bis hin zu
  den Tränen
Und den Abschieden. Und Tapferkeit verlangte ich, eingesperrt in
Meine Untertasse, während ich die Bauern und Besoffenen schockte
Die auf dem Trockenen saßen. Kühnheit, ja, und die verfluchte
  Untertasse
Flimmerte über Ghettos und Parks hinweg, für einen Spaziergänger
Vielleicht riesig, aber für mich wie Tätowierungen ohne Sinn,
Magnetische Wörter, nicht zu entziffern, eine Geste grad mal,
  angedeutet
Unter dem Nerzmantel des Planeten.
Hatte ich mich vielleicht in Stefan Zweig verwandelt und erwartete
Meinen Selbstmord? So gesehen war die Kälte im Raumschiff

Eine unumkehrbare Tatsache, und doch träumte ich von Zeit zu Zeit
Von heißen Ländern, einer Terrasse, einer treuen und verzweifelten Geliebten.
Die Tränen, die ich dann vergoss, blieben tagelang auf der Untertasse sichtbar,
Nicht als Zeugen meines Schmerzes, sondern
Einer Art von exaltierter Poesie, die mir immer häufiger
Die Brust einschnürte, auf die Schläfen drückte und die Hüften. Eine Terrasse,
Ein heißes Land und eine Geliebte mit großen treuen Augen
Die langsam meinen Traum durchwanderten, während das Raumschiff
Feuerspuren bei meinen Brüdern hinterließ, in ihrer Ahnungslosigkeit,
In ihrer Unschuld. Eine Lichtkugel waren wir, ich und die Untertasse,
Auf der Netzhaut der armen Bauern, ein vergängliches Bild
Das nie auch nur in etwa meine Sehnsucht fassen konnte,
Noch auch das Geheimnis, Anfang, Ende
Jenes unbegreiflichen Artefakts. Und immer weiter so, bis hin
Ans Ende meiner Tage, dem Schiedsgericht der Winde unterworfen
Und manchmal träumend, dass die Untertasse an einem Berg zerschellte,
Einem amerikanischen, und meine makellose Leiche käm zum Vorschein und
Böte sich dar den Augen jener alten Bergbewohner und Historiker:
Ein Ei in einem Nest verbogenen Metalls. Träumend,
Die Untertasse und ich seien endlich ans Ende unseres peripatetischen Tanzes
Gelangt, unserer jämmerlichen Kritik der Wirklichkeit, in einer schmerzlosen
Und anonymen Kollision, irgendwo in der Wüste des Planeten. Ein Tod
Der mir keine Ruhe schenkte, denn als mein Fleisch verwest war
Träumte ich immer noch.

AUF DEN KLIPPEN

In Hotels wie lebende Organismen.
Hotels wie ein Laborhund von innen.
Versunken in der Asche.
Dieser Typ, halbnackt, und legt den immer gleichen Song auf
ein ums andere Mal.
Und eine holographische Projektion, die einer Frau,
ging raus auf die Terrasse,
zu besichtigen die Albträume und die Splitter.
Keiner verstand irgendetwas.
Alles falsch: Ton, Wahrnehmung des Bilds.
Albträume, Splitter, eingemauert in den Himmel,
neun Uhr abends.
In Hotels wie lebende Organismen aus Horrorfilmen.
So wie wenn einer träumt, er tötet jemanden
der einfach niemals stirbt.
Oder wie jener Traum: der von dem Typen, der
einen Überfall, eine Vergewaltigung verhindert und den Angreifer
schlägt, bis der am Boden liegt, und weiter auf ihn einschlägt
und eine Stimme (aber welche?) fragt den Schläger
wie er heißt
und der Schläger nennt deinen Namen
und du hörst auf zu prügeln, sagst, unmöglich
dieses ist mein Name,
und die Stimme (Stimmen) sagen: reiner Zufall,
aber du hast ja im Grunde nie an Zufälle geglaubt.
Und sagst: wir müssen doch Verwandte sein, du bist der Sohn
von einem Onkel oder irgendeinem meiner Vetter.
Als du ihn aber aufhebst und betrachtest, dünn, zerbrechlich,
da verstehst du, dass auch diese Story eine Lüge ist.
Du bist der Schläger, Vergewaltiger, der unfähige Schurke

der durch die nutzlosen Straßen des Traumes stromert.
Und so gehst du nach Hause, in die Käfer-, in die
Spinnen-Hotels
und liest Gedichte, oben, auf den Klippen.

BOLIDE

Das schwarze Auto verschwindet
in der Kurve des Seins. Ich
erscheine mitten auf dem Platz:
Alle werden sterben, sagt der Alte
der an der Fassade lehnt.
Erzähl mir keine Geschichten:
Mein Weg ist der Weg
des Schnees, nicht der, dass man glaubt,
man sei viel größer, besser, schöner.
Gestorben, heißt es, ist
Beltrán Morales, gestorben ist
Juan Luis Martínez,
Rodrigo Lira hat sich umgebracht.
Gestorben ist Philip K. Dick.
Wir brauchen nur noch,
was wir unbedingt benötigen.
Komm her, komm her zu mir ins Bett.
Wir streicheln uns die ganze Nacht hindurch
die Nacht des Seins und seines schwarzen Autos.

DER LETZTE WILDE

1

Kam aus der letzten Vorstellung, menschenleere Straßen. Das Gerippe
flog an mir vorüber, schaukelnd von den Haltegriffen
eines Mülllastwagens. Große gelbe Mützen
verhüllten die Gesichter der Müllmänner, trotzdem meinte ich, ihn
wiederzuerkennen:
ein alter Freund. Hier sind wir! Sprach ich zu mir selbst
gut zweihundert Mal,
bis der Laster hinter einer Ecke verschwand.

2

Ich wusste nicht, wohin. Lange
stromerte ich durch die Gegend um das Kino
auf der Suche nach einem Café oder einer Bar.
Alles zu, Türen, Rollläden, aber
seltsam, die Häuser schienen leer als ob
da niemand mehr wohnte. Ich hatte nichts zu tun
nur rumlaufen und mich erinnern
aber auch das Gedächtnis ließ allmählich nach.

3

Ich sah mich selbst, »Der letzte Wilde«, auf
einem weißen Motorrad, über die Straßen
von Baja California flitzend. Links das Meer, rechts auch
und in der Mitte vor mir eine Kiste voller Bilder, die nach und nach
in nichts sich auflösten. Und am Ende? War die Kiste leer?
Vereinte sich das Motorrad mit den Wolken?
Und Baja California und »Der letzte Wilde«,
eins mit Universum und dem Nichts?

4

Ich meinte ihn wiederzuerkennen: Unter der gelben Mütze von der Müllabfuhr
ein Jugendfreund
nie war er still. Nie allzu lange einer Stimmung. Von seinen dunklen Augen
sagten die Dichter: wie zwei fliegende Drachen
über der Stadt. Er ist der Tapferste, kein Zweifel.
Und seine Augen
wie zwei schwarze Drachen in der schwarzen Nacht. Am
Haltegriff vorübersausend tanzte das Gerippe mit den Lettern unserer
Jugend. Das Gerippe tanzte mit den Drachen und den Schatten.

5

Die Straßen waren leer. Mir war kalt und im Gehirn
liefen Szenen aus »Der letzte Wilde«. Ein Action-Film,
und hinterhältig: alles lief nur scheinbar ab. Im Hintergrund: ein stilles Tal
versteinert, geschützt vorm Wind und der Geschichte. Die Motorräder, das Feuer
der Maschinengewehre, die Sabotageakte, die dreihundert
toten Terroristen, in Wahrheit hergestellt
aus einer Substanz leichter noch als Träume.
Abglanz
gesehen, nicht gesehen. Auge, gesehen, nicht gesehen. Und dann
wurde die Leinwand
weiß und ich ging raus.

6

Die Gegend um das Kino, Häuser, Bäume, Briefkästen,
die Gullydeckel, all das schien größer jetzt als vor dem Film.
Die geschnitzten Regendächer wie in die Luft gehängte Straßen.
War ich aus einem stehengebliebenen Film gefallen und hatte

eine Stadt von Riesen betreten? Für einen Augenblick glaubte ich, dass
Ausmaße und Perspektiven
mich in den Wahnsinn trieben. Reinen Wahnsinn. Ohne Kanten.
Sogar
meine Klamotten waren zum Gegenstand einer Mutation geworden!
Zitternd
stopfte ich meine Hände in die Parka-Taschen und lief los.

7

Ich folgte der Spur der Mülllaster, ohne eigentlich genau zu wissen, was
ich mir erwartete. Alle großen Straßen mündeten in ein Olympiastadion
kolossaler Dimensionen.
Ein Olympiastadion, gemalt in die Leere des Universums.
Ich erinnerte mich an sternenlose Nächte, die Augen einer Mexikanerin,
ein Jüngling
mit nacktem Oberkörper und einem Messer. Ich bin genau da, wo man
nur noch mit den Fingerspitzen sieht, dachte ich. Hier ist
niemand.

8

Ich hatte mir »Der letzte Wilde« angeschaut und als ich aus dem Kino
kam
wusste ich nicht, wohin. In gewisser Weise war ich
eine Figur aus dem Film und mein schwarzes Motorrad fuhr mich
der Vernichtung geradewegs entgegen. Kein Mond mehr,
der über den Schaufenstern flimmerte, keine Mülllaster weit und breit,
keine Verschwundenen. Ich hatte gesehen, wie der Tod mit dem Traum
kopulierte
und jetzt war's trocken.

WEDER FISCH NOCH FLEISCH

Wie einer, der in einem erloschenen Kohlebecken stochert.
Wie einer, der die Asche rausholt, sich erinnert.
Der Sturm von Shakespeare, aber Regen ohne Ende.
Wie einer beim Anblick eines Kohlebeckens mit giftigen Dämpfen
in einem großen leeren Zimmer.
Obwohl vielleicht die Zimmergröße mit dem
Lebensalters des Beobachters zusammenhängt.
Egal: leer, dunkel, uneben der Boden,
mit Gardinen, da, wo keine hingehören
und mit ganz wenig Möbeln.
Wie einer, der in der Glut stochert
und sie tief einatmet,
die kriminelle Luft der Kindheit
wie einer, der sich hinhockt, nachdenkt,
wie einer, der die Kohlen rausholt
unter dem *Sturm* von Shakespeare, der im Ofenblech tobt.
Wie die Kohle, die ihr Gas ausströmt.
Wie die Glut, gehäutet wie die Zwiebel,
im Takt, geschlagen vom lateinamerikanischen Detektiv.
Obwohl, kann sein, wir alle sind verrückt
und nie und nirgends war da ein Verbrechen.
Wie einer, der läuft, gehalten von der Hand
eines manisch Depressiven.
Und dabei zuhört, wie der Regen
auf die Bäume tropft, die Wege.
Wie einer, der vorm Kohlenbecken atmet
während er im Geist die Glutstückchen zerteilt
eins nach dem anderen.
Wie einer, der sich umdreht, um jemanden zu sehen,
ein letztes Mal

und er kann ihn nicht sehen.
Wie die Glut, die brennt,
während Ariel und Caliban
die Einsamkeit des Westwalls halten.
Einander gegenüberhockend.
Wie einer, der sein Gesicht
im Herz der Zwiebel sucht.
Und wühlt, und wühlt,
der Kälte trotzend und den Gasen:
Ein Schutzmantel aus Phantasie.
Wie einer, der das Kohlenbecken wegträgt, das erloschene,
zum Takt, geschlagen von einem Detektiv
den es nicht gibt.
Und *Der Sturm* von Shakespeare
lässt nicht nach auf dieser verfluchten Insel.
Ah, wie einer, der die Glut wegträgt
und der tief Luft holt.

ATOLE

Ich sah Mario Santiago und Orlando Guillén,
Mexikos verlorene Dichter
wie sie ihre Finger ins *Atole* tauchten

Auf den Mauerbildern einer neuen Universität
genannt die Hölle oder etwas, das so
eine Art von pädagogischem Inferno sein könnte

Mir aber könnt ihr glauben, die Musik im Hintergrund
War eine *huasteca* aus Veracruz oder Tamaulipas,
weiß nicht mehr so ganz genau

Freunde, es war der Tag, an dem sie
»Der Club der toten Dichter« in Mexiko zeigten
könnt ihr euch ja vorstellen

Und Mario und Orlando lachten wie in Zeitlupe
als existierten auf dem Wandbild, wo sie lebten
weder Eile noch Geschwindigkeit

Ich will's mal so sagen
als würde sich ihr Lachen minutiös
über einen endlosen Horizont verbreiten

Ein Himmel wie gemalt von Dr. Atl. Kannst du dich erinnern?
Ja, kann ich, und ich kann mich auch an
das Gelächter der Freunde erinnern

Als sie noch nicht im Labyrinth des Wandbilds lebten
auftauchend und verschwindend wie die Poesie, die wahre,
die heute zur Touristenattraktion geworden ist

Besoffen, voll mit Drogen wie mit Blut geschrieben
und jetzt verschwinden sie im geometrischen Glanz
der Mexiko heißt, das ihnen gehört

Das Mexiko der Einsamkeiten, der Erinnerungen
der nächtlichen Metrofahrten, der chinesischen Cafés
der Morgendämmerung und des *Atole*

DER ESEL

Manchmal träume ich, dass Mario Santiago
Mich besucht mit seinem schwarzen Motorrad.
Und dann lassen wir sie hinter uns, die Stadt, und während
Die Lichter verschwinden
Erzählt mir Mario, dass es sich hier um ein
Geklautes Motorrad handelt, das letzte,
Geklaut, um damit durch die armen Landstriche im Norden
Zu reisen, Richtung Texas,
Einem unnennbaren Traum nachjagend
Nicht zu definieren, Traum von unserer Jugend,
Will sagen, der allermutigsten von allen
Unseren Träumen. Also
Natürlich springe ich auf das schnelle schwarze Motorrad
Des Nordens, die Straßen entlangrasend
Auf denen schon die Heiligen Mexikos unterwegs waren
Die Bettelpoeten
Die schweigsamen Blutsauger aus Tepito
Oder Guerrero, alle auf dem gleichen Pfad,
Wo sich die Zeiten überschneiden und vermischen:
Verbal und physisch, das Gestern und die Sprachlosigkeit.

Und manchmal träume ich, dass Mario Santiago
Mich besucht, oder dass er ein Dichter ohne Gesicht ist,
Ein Kopf ohne Augen, Mund und Nase,
Nur Haut und Willen, und ich steige ohne zu fragen
Auf, und los geht's,
Über die Straßen im Norden, der Kopf und ich,
Seltsame Mitfahrer, die sich da auf eine elende
Reise begeben haben, Wege, kaum erkennbar noch vor Schlamm und
Regen,

Land der Fliegen und der Eidechsen und des vertrockneten Gestrüpps
Und der sandigen Windhosen, einzig vorstellbare Bühne
Unserer Poesie.

Und manchmal träume ich, dass der Weg,
Auf dem unser Motorrad und die Sehnsucht unterwegs sind,
Nicht in unserem Traum anfängt, sondern in dem
Von anderen: den Unschuldigen, Einfältigen,
Friedfertigen, denen, die zu unserem Unglück
Nicht mehr da sind. Und so verlassen Mario Santiago und ich
Mexiko-Stadt, Verlängerung
So vieler Träume, Materialisierung so vieler
Albträume, und wir fahren die Bundesstaaten
Hinauf immer nach Norden, immer auf der Straße
Der Kojoten, und unser Motorrad
Hat jetzt die Farbe der Nacht. Unser Motorrad
Ist ein schwarzer Esel, der in aller Ruhe
Durch das Land der Neugier reist. Schwarzer Esel
Der für die Menschheit unterwegs ist und die Geometrie
In unseren traurigen, eintönigen Landschaften.
Und Marios Gelächter, oder das des Kopfs,
Grüßt die Gespenster unserer Jugend,
Den unnennbaren, sinnlosen Traum
Der Tapferkeit.

Und manchmal scheint mir, sehe ich ein schwarzes Motorrad
Wie einen Esel sich entfernen über die Straßen
Von Zacatecas und Coahuila, an den Rändern
Des Traums und ohne dass es mir gelingt
Den Sinn zu verstehen, seine letztliche Bedeutung,
Dennoch verstehe ich seine Musik
Ein fröhliches Abschiedslied.

Und vielleicht sind es die Gesten der Tapferkeit, die
Uns Adios sagen, ohne Zorn und ohne Bitterkeit,
Im Frieden mit ihrer absoluten Schlichtheit und uns selbst.
Es sind die kleinen sinnlosen Herausforderungen – oder von denen
Wir mit den Jahren uns angewöhnten zu glauben, dass sie sinnlos
 wären –
Die uns grüßen und uns Zeichen machen, rätselhafte, mit den Händen
Mitten in der Nacht irgendwo am Straßenrand,
Wie unsere geliebten, verlassenen Kinder
Alleine aufgewachsen in jenen kalkstarrenden Wüsten,
Wie das Leuchten, das uns einst durchfuhr
Und das wir schon vergessen hatten.

Und manchmal träume ich, dass Mario
Mit seinem schwarzen Motorrad in den Albtraum kommt
Und wir fahren los, in Richtung Norden
Richtung jener Geisterdörfer wo
Die Eidechsen hausen und die Fliegen
Und wie der Traum mich
Von Kontinent zu Kontinent transportiert
Durch eine Dusche aus kalten unempfindlichen Sternen,
Sehe ich das schwarze Motorrad, wie ein Esel von einem anderen Stern,
Die Landschaft von Coahuila in zwei Teile schneiden.
Ein Esel von einem anderen Stern
Hemmungslose Sehnsucht unserer Ahnungslosigkeit
Aber auch unsere Hoffnung
Unsere Tapferkeit.
Unnennbar und sinnlos, schon wahr,
Aber wir finden sie wieder an den Rändern
Des entferntesten der Träume
An den Schnittstellen des finalen Traums.
Auf der Straße, der verwirrten, der magnetischen
Der Esel und der Dichter.

PARRAS SCHRITTE

Jetzt geht Parra
Jetzt geht er nach Las Cruces
Marcial und ich, wir sind ganz still und lauschen seinem Schreiten
Chile ist ein langer, enger Korridor
Ohne Ausgang wie es scheint
Das indische Flandern, das dort in der Ferne lodert
Eine Feuersbrunst umkreist von Spuren
Oder Überresten eines Feuers
Oder Spurenresten
Die der Wind verwischt
Verwässert
Niemand heißt dich willkommen in Dänemark
Alle machen wir
Das Unsagbare
Niemand heißt dich willkommen in Dänemark
Es regnet hier
Und an den Kreuzen hängen Spuren
Von Ameisen und Feuersbrünsten
Oh, Flandern, Indisches,
Endloser Korridor unseres Missvergnügens
Wo alles Getane scheint als wie vertan
Das Land Zuritas und der gebratenen Kordilleren
Das Land der ewigen Jugend
Und trotzdem regnet es und keiner hier wird nass
Nur Parra,
Der sie abschreitet
Die Drecklöcher in Flammen
Versteinert
Friedhöfe, umgepflügt von Ochsen
Unbeweglichen

Oh Indisches Flandern unserer schizophrenen Sprache
Jeder Schritt hinterlässt Spuren
Aber jede Spur ist starr
Hat nichts vom Menschen oder jenem Schatten
Der mal hier vorüberkam
Oder mit seinem letzten Atemzug versuchte
Die Kobra des unbeweglichen Traums
Oder was davon im Traum noch übrig war
Zu materialisieren
Bilder, Bilder
Ohne Substanz
Im Indischen Flandern der unendlichen
Fraktur
Aber wir wissen, dass alle
Unsere Angelegenheiten
Endlich sind (fröhlich, ja, wüst
Aber endlich)
Die Revolution nennt sich Atlantis
Und ist wüst, unendlich
Taugt aber nichts mehr
Also los, Lateinamerikaner,
Laufen, auf geht's
Sucht die in die Irre gegangenen Schritte
Jener verlorenen Dichter
Im starren Morast
Verlieren wir uns im Nichts
Oder in der Rose des Nichts
Dort, wo man nur die Schritte hört
Von Parra
Und die Träume jener Generationen
Die unter die Räder kamen
Und vergessen wurden.

ICH WILL VERGESSEN

Jus lo front port vostra bella semblanca
Jordi de Sant Jordi

Ich will vergessen   Ein Körper, aufgetaucht im dichten Schnee
Als wir alle allein waren   Im Park, auf dem Hügel hinter
den Basketball-Plätzen   Ich sagte, bleib stehn und es drehte sich um:
ein bleiches Antlitz, entflammt von einem guten Herzen
  Nie
hatte ich was Schöneres gesehen   Der Mond entfernte sich von der
  Erde
Von fern her kam das Rauschen von der Autobahn:
  Menschen
die nach Hause gingen   In einer Fernsehwerbung hatten wir
gelebt, bis sie die aufeinanderfolgenden Schneevorhänge beiseiteschob
und mich ihr Gesicht sehen ließ: Schmerz
und Schönheit dieser Welt in ihrem Blick   Ich entdeckte
winzige Spuren im Schnee   Spürte den eisigen Wind im Gesicht
Vom anderen Ende des Parks her winkte irgendwer
mit einer Taschenlampe   Jede Schneeflocke schien lebendig
Jedes Insektenei war lebendig und träumte   Ich fand:
  Jetzt
bleibe ich für immer allein   Aber der Schnee, er fiel
und fiel und sie, sie ging nicht weg

MUSE

So war sie: schöner als die Sonne
und ich: noch nicht mal 16 Jahre alt
24 sind seitdem vergangen,
und immer noch ist sie an meiner Seite.

Manchmal sehe ich, wie sie durch das
Gebirge läuft: Schutzengel
unserer Gebete.
Traum, der wiederkehrt

mit dem Versprechen und dem Pfiff.
Dem, der uns ruft,
und uns nicht findet.
In ihren Augen seh ich die Gesichter

all meiner verlorenen Geliebten.
Oh, Muse, du, beschütz mich, sag ich,
in den furchtbaren Tagen
dieser Abenteuer, die nicht aufhören wollen.

Weiche nicht von mir.
Bewache meine Schritte
und die meines Kindes Lautaro.
Lass sie mich fühlen, deiner Finger Spitzen

wie sie meine Schultern fassen
und mich schieben durch das Dunkel,
wenn alles verloren ist.
Lass ihn mich doch wieder hören, den Pfiff.

Ich bin dein treuer Geliebter,
obwohl mich manches Mal
der Traum von dir trennt.
Auch das bist du: die Königin der Träume.

Dein bleibt meine Freundschaft, Tag für Tag
und diese Freundschaft wird dereinst
mich wieder rausholen
aus der Öde des Vergessens.

Denn auch wenn du kommst
sollte ich einmal gehen
sind wir doch eigentlich Freunde,
unzertrennliche.

Muse, wohin ich gehen möchte
dahin gehst
auch du.
In den Krankenhäusern sah ich dich

und in der Reihe
der politischen Gefangenen.
Ich erblickte dich in Edna Liebermans
furchtbaren Augen

in den finsteren Gassen
voller Banditen.
Immer hast du mich beschützt!
In der Niederlage, in der Scheiße.

In kranken Freundschaften,
in der Grausamkeit,
stets warst du bei mir.
Und mögen die Jahre vergehen

und der Roberto Bolaño der *Alameda*
und der *Libreria Cristal*
sich verwandeln
und erstarren,

und immer blöder werden und immer älter
du bleibst hinreißend.
Herrlicher noch als die Sonne
und die Sterne.

Wo immer, Muse, du auch hingehst
dahin geh
auch ich.
Ich folge deinem hellen Stern

durch tiefe Nacht.
Und pfeife auf die Jahre,
auf die Krankheit.
Auf den Schmerz

oder die Mühe, die es mich kostet
dir zu folgen.
Denn mit dir geh ich hinweg
über die großen trostlosen Gefilde

und immer werde ich die Tür finden
die mich dem Trugbild
wiedergibt,
denn du bist bei mir,

Muse,
schöner als die Sonne
ja, noch schöner
als die Sterne.

UNTER FLIEGEN

Trojanische Dichter
Von dem, was euer sein könnte, gibt es
Nichts mehr

Weder Tempel, Gärten
Noch Gedichte

Ihr seid frei
Großartige trojanische Dichter.

DREI

für Carolina López

Wenn du sagst, was du willst,
hörst du auch, was du nicht willst.

Alkaios von Mytilene [Lesbos]

HERBST IN GERONA PROSA

für Ponç Puigdevall

Eine Person – eine Unbekannte, sollte ich sagen –, die dich streichelt, mit dir scherzt, sanft zu dir ist und dich bis an den Rand eines Abgrunds führt. Dort sagt die Figur *ach* oder erbleicht. Als befände sie sich in einem Kaleidoskop und sähe das Auge des Betrachters. Farben, die sich zu einer Geometrie ordnen, die weit entfernt ist von allem, was du gut zu finden bereit bist. So beginnt der Herbst zwischen dem Río Oñar und der Anhöhe von Las Pedreras.

Die Unbekannte liegt ausgestreckt auf dem Bett. Über lieblose Szenen (plane Körper, sadomasochistische Gegenstände, Pillen und Fratzen von Arbeitslosen) gelangst du zu dem Moment, den du den *Herbst* nennst, und entdeckst die Unbekannte.

Im Zimmer beobachtest du, neben der Spiegelung, die alles einsaugt, Steine, gelbe Kiesel, Sand, Kissen mit vereinzelten Haaren, verlassene Schlafanzüge. Dann verschwindet alles.

Sie scherzt mit dir, sie streichelt dich. Ein einsamer Spaziergang über den Platz mit den Kinos. In der Mitte eine bronzene Allegorie: »Die Schlacht gegen die Franzosen«. Der einfache Soldat mit erhobener Pistole, als würde er gleich in die Luft schießen, ein junger Mann; die Bildung seines Gesichts soll Müdigkeit ausdrücken, das Haar ist wirr, und sie streichelt dich, ohne etwas zu sagen, obwohl das Wort Kaleidoskop wie Spucke von ihren Lippen rinnt, und dann werden die Szenen wieder transparent für etwas, das du das *ach* der bleichen Figur oder Geometrie um dein nacktes Auge herum nennen kannst.

Nach einem Traum (ich habe im Traum den tags zuvor gesehenen Film extrapoliert) komme ich zu dem Schluss, dass der Herbst nur das Geld sein kann.

Das Geld als die Nabelschnur, die dich mit den Mädchen und der Landschaft in Beziehung setzt.

Das Geld, das ich niemals haben werde, und das mich ausschlussweise zum Anachoreten macht, zur Figur in der Wüste, die plötzlich erbleicht.

»Das könnte für mich die Hölle sein.« Das Kaleidoskop bewegt sich mit der Gelassenheit und Langeweile der Tage. Für sie gab es am Ende keine Hölle. Sie vermied es einfach, hier zu leben. Die schlichten Lösungen lenken unser Handeln. Die Schule der Empfindsamkeit kennt nur eine Devise: *nicht leiden*. Das, was sich absondert, kann man Wüste nennen, Fels mit menschlichem Aussehen, der tektonische Denker.

Die von Streifen durchzogene Mattscheibe öffnet sich, und es ist dein Auge, das sich um den Streifen herum öffnet. Alle Tage öffnet sich das Studium der Wüste wie das Wort »ausradiert«. Eine ausradierte Landschaft? Ein Gesicht in Nahaufnahme? Lippen, die ein anderes Wort formen?

Die Geometrie des Herbstes, von der Unbekannten bloß durchzogen, damit sich deine Nerven öffnen.

Jetzt verschwindet die Unbekannte wieder. Erneut gibst du dir den Anschein von Einsamkeit.

Sie sagt, ihr gehe es gut. Du sagst, dir gehe es gut, und denkst, dass es ihr wirklich gut gehen muss und es dir wirklich gut geht. Ihr Blick ist wunderschön, als sähe sie zum ersten Mal die Szenen, nach denen sie sich zeitlebens gesehnt hat. Dann kommt der faulige Atem, die hohlen Augen, auch wenn sie sagt (während du weiter schweigst, wie in einem Stummfilm), die Hölle könne nicht die Welt sein, in der sie lebt. Kürzt diesen beschissenen Text!, schreit sie. Das Kaleidoskop gibt sich den Anschein von Einsamkeit. Dein Herz macht knacks.

Der Figur bleiben das Abenteuer und die Worte: »Es hat angefangen zu schneien, Chef.«

Diesseits des Flusses folgt alles, was dich interessiert, noch der gleichen Mechanik. Die für größtmögliche Sonnenausbeute geöffneten Terrassen, die Mädchen, die ihre Motorroller parken, die von Gardinen verdeckten Mattscheiben, die Rentner, die auf den Plätzen herumsitzen. Hier weiß der Text von nichts als seinem Eigenleben. Der Schatten, den du provisorisch Autor nennst, macht sich kaum die Mühe, zu beschreiben, wie die Unbekannte alles für ihren Atlantismoment bereitete.

Nicht verwunderlich, dass des Autors Zimmer voller anspielungsreicher Plakate hängt. Nackt geht er in der Mitte im Kreis und betrachtet die abblätternden Wände, an denen Zeichen, nervöse Skizzen, zusammenhanglose Sätze erscheinen.

Wie Echo hallen im Kaleidoskop die Stimmen all derer wider, die er einmal war, und er nennt das seine Geduld.

Die Geduld in Gerona vor dem Dritten Weltkrieg.

Ein gütiger Herbst.

Das Zimmer bewahrt kaum einen Geruch von ihr …

Das Parfüm hieß *Flüchtiges Gemetzel* …

Ein berühmter Arzt hatte ihr linkes Auge operiert …

Die reale Situation: Ich lebte allein in meinem Haus, war achtundzwanzig und gerade zurück aus der Provinz, wo ich den Sommer über gearbeitet hatte, und die Zimmer hingen voller Spinnweben. Ich hatte keine Arbeit mehr, und wenn ich jeden Pfennig umdrehte, würde mein Geld noch für vier Monate reichen. Hoffnung, neue Arbeit zu finden, bestand auch keine. Bei der Polizei hatte man meine Aufenthaltserlaubnis um drei Monate verlängert. Nicht befugt, in Spanien zu arbeiten. Ich wusste nicht, was ich tun sollte. Es war ein gütiger Herbst.

Zwei Uhr nachts, und die Mattscheibe weiß. Meine Figur sitzt in einem Sessel, Zigarette in der einen Hand, in der anderen eine Tasse Cognac. Minutiös rekonstruiert sie einige Szenen. So schläft die Unbekannte etwa völlig friedlich. Streichelt dann seine Schultern. Sagt dann, er solle sie nicht zum Bahnhof begleiten. Da bemerkst du ein Signal, die Spitze des Eisbergs. Die Unbekannte versichert, dass sie nicht vorhatte, mit ihm zu schlafen. Freundschaft – ihr Lächeln gerät jetzt in den Bereich der Streifenbildung – erfordere keine wie auch immer geartete Hölle.

Seltsam, von hier sieht es so aus, als würde meine Figur mit der linken Hand Fliegen verscheuchen. Sicherlich könnte es ihre Angst in Furcht verwandeln, wenn sie hochschaute und im morschen Gebälk die Äuglein einer Ratte auf sich gerichtet sähe.

Knacks, sein Herz. Die Geduld ein graues Band im Kaleidoskop, das du ein ums andere Mal vornimmst.

Und wenn die Figur vom Glück spräche? In seinem achtundzwanzig Jahre alten Körper beginnt das Glück?

Was es dahinter gibt, wenn es etwas dahinter gibt: »ruf den Chef an und sag ihm, es hat angefangen zu schneien«. Viel mehr gibt es zum Herbst von Gerona nicht zu sagen.

Ein Mädchen unter der Dusche, ihre vom heißen Wasser gerötete Haut; um ihr Haar wie ein Turban ein altes, verwaschenes Handtuch. Plötzlich – sie steht vor dem Spiegel, malt sich die Lippen – schaut sie mich an (ich stehe hinter ihr) und sagt, es sei nicht nötig, dass ich sie zum Bahnhof begleite.

Ich wiederhole jetzt die gleiche Szene, nur dass niemand vor dem Spiegel steht.

Um sich der Unbekannten zu nähern, darf er nicht länger der Unsichtbare sein. Das einzige Geheimnis, sagt sie mit allem, was sie tut, sei das künftige Vertrauen. Der Mund des Unsichtbaren, nähert er sich dem Spiegel?

Streich mich aus diesem Text, möchte ich sagen, zeig mir die klaren, einfachen Dinge, die klaren, einfachen Schreie, die Angst, den Tod, ihren Atlantisaugenblick beim Abendessen im Familienkreis.

Der Herbst in Gerona: die Hochschule der Schönen Künste, der Platz mit den Kinos, die Arbeitslosenzahlen für Katalonien, Aufenthaltserlaubnis für drei Monate in Spanien, die Fische im Oñar (Karpfen?), die Unsichtbarkeit, der Autor, der die Lichter der Stadt betrachtet und über ihnen einen Streifen grauen Rauchs vor der metallisch blauen Nacht, im Hintergrund die Silhouette der Berge.

Worte eines Freundes bezüglich der Frau, mit der er seit sieben Jahren zusammenlebt: »sie ist mein Boss«.

Es hat keinen Sinn, Gedichte zu schreiben, die Alten sprechen von einem neuen Krieg, und manchmal wiederholt sich der rekurrente Traum: ein Autor, schreibend in einem düsteren Zimmer; in der Ferne Lärm rivalisierender Banden, die sich um einen Supermarkt prügeln; Reihen von Autos, die nie wieder fahren werden.

Die Unbekannte lächelt mir trotz allem zu, schiebt alles an Herbst beiseite und setzt sich neben mich. Als ich Schreie erwarte, eine Szene, fragt sie nur, warum ich mich so habe.

Warum ich mich so *habe*?

Die Mattscheibe wird weiß wie ein Komplott.

Der Autor unterbricht im dunklen Zimmer seine Arbeit, die Jugendlichen hören auf, sich zu prügeln, die Scheinwerfer der Autos leuchten auf wie in Brand gesteckt. Auf der Mattscheibe sehe ich nur Lippen, die ihren Atlantismoment buchstabieren.

Auch der Tod verfügt über Systeme der Klarheit. Die fangarmige, solare Liebe von John Varley zum Beispiel nützt mir nichts (bedauerlich für mich, aber sie nützt mir nichts), wenn dieser luzide Blick, der eine Situation *umfängt*, nicht ein anderer, mit einer anderen Situation konfrontierter Blick sein kann etc. Und selbst wenn es so wäre, nützt mir der freie Fall, den das bedeutet, nichts für das, wonach ich mich eigentlich sehne: für den Raum zwischen der Unbekannten und mir, für das, was ich unscharf als Herbst in Gerona bezeichnen kann, die leeren Bänder, die uns trotz aller Risiken trennen.

Der unvordenkliche Moment, jener Reisepass von R. B. im Oktober 1981, der ihn als Chilenen ausweist, der sich für weitere drei Monate in Spanien aufhalten darf, ohne zu arbeiten. Die Leere, in der nicht einmal Platz für den Ekel ist!

Nicht verwunderlich also die Fülle von Plakaten im Zimmer des Autors. In Windeseile fragmentierte Kreise, Kuben, Zylinder, die uns eine Vorstellung von seinem Gesicht geben, wenn das Licht Bewegung hineinbringt; was sein Geldmangel ist, verwandelt sich in Liebesverzweiflung; jede seiner Gesten verwandelt sich in Mitleid.

Sein um ihn herum fragmentiertes Gesicht sieht sich seinem Auge unterworfen, das es wieder neu ordnet, das ideale Kaleidoskop. (Oder auch: die Liebesverzweiflung, das Mitleid etc.)

SONNTAGMORGEN. Die Rambla ist menschenleer, es gibt nur ein paar Alte, die auf Bänken sitzen und Zeitung lesen. Am anderen Ende die Silhouetten zweier Polizisten, die ihre Streife beginnen.

Isabel kommt an. Ich schaue von der Zeitung auf und betrachte sie. Sie lächelt, hat rote Haare. Neben ihr geht ein Typ mit Kurzhaarfrisur und Viertagebart. Er sagt, er werde eine Bar aufmachen, einen preiswerten Laden, Anlaufstelle für seine Freunde. »Du bist zur Eröffnung eingeladen.« In der Zeitung steht ein Interview mit einem berühmten katalanischen Maler. »Wie fühlt es sich an, mit dreiunddreißig in den wichtigsten Galerien der Welt auszustellen?« Ein großes, rotes Grinsen. Auf einer Seite des Textes zwei Fotos des Malers mit seinen Gemälden. »Ich arbeite zwölf Stunden am Tag, ein Pensum, das ich mir selbst auferlegt habe.« Neben mir, auf derselben Bank, beginnt ein Alter mit einer anderen Zeitung unruhig zu werden; objektive Wirklichkeit, flüstert mein Kopf. Isabel und der zukünftige Barbesitzer verabschieden sich, sie werden versuchen, sagen sie, zu einem Fest in einem nahegelegenen Dorf zu kommen. Die Silhouetten der Polizisten am anderen Ende sind größer geworden und schon fast auf meiner Höhe. Ich schließe die Augen.

SONNTAGMORGEN. Wie schon gestern Nacht und vorgestern habe ich heute eine Freundin in Barcelona angerufen. Niemand geht ran. Einen Moment lang stelle ich mir vor, wie das Telefon in ihrer Wohnung klingelt, in der niemand ist, so wie gestern und vorgestern schon, dann öffne ich die Augen und betrachte die Rinne, in die die Münzen rollen, und sehe keine einzige.

Unmuth und Angst nagte an meinem Innern. Ich verwünschte die Erscheinung des Tages, der mich zu einem Leben rief, dessen Wahrheit und Bedeutung mir zweifelhaft worden war. Ich erwachte die Nächte aus beunruhigenden Träumen.

Fichte.

In der Tat, Unmuth, *Angst* etc.

Die bleiche Figur wartet – am Ausgang des Kinos?, eines Sportplatzes? – auf das Erscheinen der makellosen Grube. (Aus der herbstlichen Perspektive wirkt es so, als sei sein Nervensystem in einen Kriegspropagandafilm eingebaut worden.)

Ich putze mir die Zähne, wasche mir das Gesicht, die Arme, den Hals, die Ohren. Ich gehe jeden Tag hinunter zur Post. Ich masturbiere jeden Tag. Den Großteil des Morgens verbringe ich damit, das Essen für den restlichen Tag zuzubereiten. In den toten Stunden sitze ich herum, blättere in Zeitschriften. Bei wiederholten Café-Gelegenheiten versuche ich mir einzureden, dass ich verliebt bin, aber das Fehlen von Sanftheit – einer *bestimmten* Sanftheit – verrät mir das Gegenteil. Manchmal denke ich, ich lebe woanders.

Nach dem Essen schlafe ich, Kopf auf dem Tisch, im Sitzen ein. Ich träume Folgendes: Giorgio Fox, Comicfigur, siebzehnjähriger Kunstkritiker, sitzt in einem Restaurant im 30. Stock in Rom beim Essen. Das ist alles. Beim Aufwachen denke ich, dass die in der Blüte der Jugend erfasste und erkannte Leuchtkraft der Kunst für mich in absolute Ferne gerückt ist. Auch ich war einst im Paradies, als Betrachter oder als Gestrandeter, da, wo das Paradies die Form des Labyrinths besitzt, aber nie als ausübender Künstler. Jetzt, mit achtundzwanzig, hat sich das Paradies von mir entfernt, und das einzige, was ich zu sehen vermag, ist die Totale eines jungen Mannes mit all seinen Eigenschaften: Ruhm, Geld, der Fähigkeit also, für sich selbst zu sprechen, sich frei zu bewegen, zu lieben. Und die Art, wie Giorgio Fox gezeichnet ist, verrät eine Liebenswürdigkeit und Härte, die mein Gesicht (meine Fotovisage) niemals wird imitieren können.

Was ich sagen will: Da ist Giorgio Fox, das Haar zum Bürstenschnitt gestutzt, die Augen pastellblau, brillant in seiner sorgfältig ausgearbeiteten Comicvignette. Und hier bin ich, die makellose Grube mit einem Kurzauftritt als Kunst konsumierende Masse, eine Masse, die, von einer Bergbaustadtlandschaft umrahmt, sich selbst manipuliert und observiert. (Fichtes Unmuth und Angst etc.)

Wieder und wieder hängt die Unbekannte am Kaleidoskop. Ich sage zu ihr: »Ich bin unbeständig. Vor einer Woche habe ich dich geliebt, in Momenten der Erregung verstieg ich mich zu dem Gedanken, wir seien ein Paar wie aus dem Paradies. Aber du weißt schon, ich bin nur ein Versager: solche Paare existieren fern von hier, in Paris, in Berlin, in Barcelonas Oberstadt. Ich bin unbeständig, mal träume ich von Größe, mal nur von ihrem Schatten. Das wahre, das einzige Paar ist das, welches der berühmte linke Romancier und, vor ihrem Atlantismoment, die Tänzerin bilden. Ich dagegen bin ein Versager, jemand, der nie Giorgio Fox sein wird, und du gleichst einer ganz gewöhnlichen Frau, die große Lust hat, sich zu amüsieren und glücklich zu sein. Will sagen: glücklich hier, in Katalonien, und nicht in einem Flugzeug nach Mailand oder im Kernkraftwerk von Lampedusa. Meine Unbeständigkeit bleibt jenem ursprünglichen Moment treu, dem wütenden Groll, der zu sein, der ich bin, dem Traum im Auge, der knöchernen Nacktheit eines alten, 1973 in Mexiko konsularisch ausgestellten und bis 82 gültigen Reisepasses mit dreimonatiger Aufenthaltsgenehmigung für Spanien, ohne Arbeitserlaubnis. Wie du siehst, lässt die Unbeständigkeit auch Treue zu, eine einzige, dafür aber lebenslange Treue.«

Das Bild wird schwarz.

Eine Stimme aus dem Off zählt die mutmaßlichen Gründe auf, warum Zurbarán Sevilla verlassen hat. Tat er es, weil die Leute ihm Murillo vorzogen? Oder weil die Pest, die damals in der Stadt wütete, ihm seine liebsten Nächsten genommen und einen Haufen Schulden hinterlassen hatte?

Zuweilen erscheint in der allgemeinen Konzeption des Kaleidoskops das Paradies. Eine vertikale Struktur voll grauer Flecken. Wenn ich die Augen schließe, werden in meinem Kopf die Lichtreflexe der Helme, das Beben einer lanzenstarrenden Ebene tanzen, das, was du Gagat nanntest. Auch sehe ich, wenn ich die dramatischen Effekte weglasse, mich selbst, wie ich über den Platz mit den Kinos zur Post gehe, wo ich keinen Brief vorfinden werde.

Nicht weiter verwunderlich, dass der Autor in der Mitte seines Zimmers nackt herumspaziert. Die verwischten Plakate öffnen sich wie die Worte, die er in seinem Kopf verknüpft. Danach werde ich fast übergangslos den Autor sehen, wie er auf einer Dachterrasse lehnt und die Landschaft betrachtet; oder mit dem Rücken gegen eine weiße Wand am Boden sitzt, während man im Nebenzimmer ein Mädchen quält; oder mit der linken Hand an der Holzkante vor einem Tisch steht, den Blick auf einen Punkt außerhalb der Szene gerichtet. Jedenfalls öffnet sich der Autor, kreist nackt inmitten einer Plakatkulisse, die wie in einem opernhaften Schrei seinen Herbst in Gerona aufzieht.

BEWÖLKTER TAGESANBRUCH. Im Sessel sitzend, eine Tasse Kaffee in der Hand, noch ungewaschen, stelle ich mir die Figur folgendermaßen vor: ihre Augen geschlossen, das Gesicht sehr weiß, die Haare schmutzig. Sie liegt auf den Gleisen. Nein. Nur der Kopf liegt über einer der Schienen, der übrige Körper auf dem weißlich grauen Schotterbett daneben. Seltsam: die linke Körperhälfte macht den Eindruck von schlafähnlicher Entspanntheit, die andere Hälfte dagegen wirkt starr und steif wie bei einem Toten. Im oberen Teil des Bildes kann ich die Hänge einer mit Tannen (ja doch, Tannen!) bestandenen Anhöhe erkennen und über der Anhöhe ein Grüppchen rosiger Wolken, eine Abenddämmerung des Siglo de Oro, möchte man meinen.

BEWÖLKTER TAGESANBRUCH. Ein Mann, schlecht gekleidet, unrasiert, fragt mich, was ich mache. Nichts, antworte ich. Er gedenke, eine Bar aufzumachen, entgegnet er. Eine, in die die Leute kommen, um zu essen. Pizza. Nicht teuer. Großartig, sage ich. Dann fragt jemand, ob er verliebt sei. Was wollt ihr damit sagen, fragt er. Sie erläutern: Ob ihm eine Frau ernsthaft gefalle. Ja, erwidert er. Das wird eine phantastische Bar, sage ich. Er sagt, ich sei zur Eröffnung eingeladen. Du kannst essen, so viel du willst, umsonst.

Eine Person streichelt dich, scherzt mit dir, ist sanft zu dir und spricht dann mit dir nie wieder ein Wort. Wovon redest du, vom Dritten Weltkrieg? Die Unbekannte liebt dich und erkennt dann die Schlachthaussituation. Sie küsst dich und sagt dann, das Leben bestehe eben darin, weiterzuziehen, sich Nahrung einzuverleiben und neue zu suchen.

Lustigerweise gibt es im Zimmer, abgesehen von der Spiegelung, die alles einsaugt (daher die makellose Grube), Stimmen von Kindern, Fragen, die wie von weit her kommen. Und hinter den Fragen, er hätte es ahnen können, gibt es nervöses Gelächter, Blöcke, die zu Staub zerfallen, vorher aber noch so gut es geht ihre Botschaft verkünden. »Pass auf dich auf.« »Leb wohl, pass auf dich auf.«

Der alte Moment, genannt »Nel, mein Lieber«.

Jetzt gleitest du ins Flache. Du gelangst zum Fluss. Dort zündest du dir eine Zigarette an. Am Ende der Straße steht an der Ecke eine Telefonzelle, und das ist das einzige Licht am Ende der Straße. Du rufst in Barcelona an. Die Unbekannte nimmt ab. Sie sagt, sie werde nicht kommen. Nach ein paar Sekunden, in denen du »na gut« sagst und sie dein »na gut« nachäfft, fragst du, warum. Sie sagt, sie werde am Sonntag nach Alella fahren, und du sagst, du werdest sie, wenn du nach Barcelona kommst, mal anrufen. Du legst auf, und unversehens kriecht die Kälte in die Kabine, als du das Folgende denkst: »Es ist wie eine Autobiographie.« Jetzt gleitest du durch gewundene Straßen, denkst, wie hell Gerona nachts sein kann, siehst nur zwei Straßenkehrer, die sich vor einer geschlossenen Bar unterhalten, und am Ende der Straße die Scheinwerfer eines davonfahrenden Wagens. Ich darf nicht trinken, denkst du, darf nicht einschlafen, darf nichts tun, was die Frisur ruiniert. Jetzt hast du am Fluss angehalten, auf der von Eiffel erbauten Brücke, verborgen im Gewirr der Eisenstreben. Du berührst dein Gesicht. Auf der anderen Brücke, der sogenannten Brücke *der Lippen*, hörst du Schritte, aber als du nach der Person Ausschau hältst, ist schon niemand mehr da, nur das Flüstern von jemandem, der die Stufen hinabsteigt. Du denkst: »Also war die Unbekannte so oder so anders, also bin ich der einzige Verrückte, also habe ich einen herrlichen Traum gehabt.« Der Traum, den du meinst, ist gerade an dir vorbeigezogen, in dem subtilen Moment, da du dir eine Pause gönntest – weshalb du kurz durchsichtig wurdest wie Cervantes' Gläserner Lizentiat –, und bestand darin, dass am anderen Ende der Brücke eine Siedlung von Kastraten, Kaufleuten, Lehrern, Hausfrauen auftauchte, allesamt nackt und auf den Handtellern ihre Hoden und geschlitzten Labien präsentierend. Was für ein seltsamer Traum, denkst du. Zweifellos willst du dir Mut machen.

Durch die Fensterfront eines Restaurants sehe ich den Buchhändler einer der wichtigsten Buchhandlungen von Gerona. Er ist groß, etwas dicklich, hat weiße Haare und schwarze Brauen. Er steht auf dem Gehweg gegenüber, kehrt mir den Rücken zu. Ich sitze im hinteren Teil des Restaurants, vor mir auf dem Tisch liegt ein Buch. Nach einer Weile überquert der Buchhändler mit langsamen, man könnte meinen: einstudierten Schritten und gesenktem Kopf die Straße. Ich frage mich, an wen er wohl gerade denkt. Einmal, als ich in seinem Geschäft herumstöberte, hörte ich, wie er einer Geroneser Dame gestand, auch er habe *einst Verrücktheiten begangen*. Anschließend vermochte ich einzelne Worte aufzuschnappen: »Züge«, »zwei Mörder«, »die Nacht im Hotel«, »ein Bote«, »schadhafte Rohrleitungen«, »auf der anderen Seite war niemand«, »der hypothetische Blick von«. Das war der Moment, in dem ich meine untere Gesichtshälfte hinter einem Buch verstecken musste, damit sie nicht sahen, wie ich lachte. Wie? Der hypothetische Blick seiner Freundin oder Frau? Der hypothetische Blick der Hotelchefin? (Ich kann mich auch fragen: der Blick der Zugreisenden, des Fräuleins, das am Fenster saß und zusah, wie der Landstreicher den Kopf aufs Gleis legte?) Und schließlich: warum ein hypothetischer Blick?

Jetzt, wo ich im Restaurant sitze und sehe, wie er auf dem Gehweg ankommt und etwas an der Fensterfront betrachtet, hinter der ich mich befinde, denke ich, dass ich seine Worte damals vielleicht falsch verstanden habe, wegen dem unverständlichen Katalanisch dieser Gegend oder auch wegen der Entfernung, die uns trennte. Kurz darauf nimmt ein grässlicher Junge den Platz ein, den bis vor wenigen Sekunden der Buchhändler besetzt hatte. Dann geht der Junge weiter und ein Hund tritt an seine Stelle, dann ein anderer Hund, danach eine etwa vierzigjährige blonde Frau, schließlich der Kellner, der hinausgeht, um die Tische hereinzuholen, weil es anfängt zu regnen.

Jetzt füllst du die Mattscheibe – eine Art Minibarockzeitalter – mit der Stimme der Unbekannten, die von ihren Freunden spricht. In Wirklichkeit kennst du diese Leute auch, hast sogar vor Zeiten zwei oder vier übel zynische Gedichte über das therapeutische Verhältnis zwischen deinem Schwanz, deinem Reisepass und ihnen geschrieben. Soll heißen: Im geisterhaften Ballsaal erkannten sich sämtliche makellosen Gruben, die du anlegen konntest, in der einen Ecke, und sie, die Bürger von Calais ihrer eigenen Ängste, in der anderen. Die Stimme der Unbekannten gießt über ihre Freunde kübelweise Unflat aus (von diesem Moment an kannst du sie *die Unbekannten* nennen). Es ist so traurig. Satinierte Landschaften, wo sich die Leute vor dem Krieg vergnügen. Die Stimme der Unbekannten beschreibt, erklärt, erprobt Ursachen niemals verheerender und immer anämischer Wirkungen. Eine Landschaft, die niemals ein Thermometer brauchen wird, so liebenswerte Abendessen, so unglaubliche Arten, morgens aufzuwachen. Sprich weiter, bitte, ich höre dir zu, sagst du und verschwindest derweil in Windeseile durch das schwarze Zimmer, den Moment des schwarzen Abendessens, die schwarze Dusche im schwarzen Badezimmer.

DIE WIRKLICHKEIT. Ich war nach Gerona zurückgekehrt, allein, nach drei Monaten Arbeit. Mir eine neue suchen konnte ich nicht, und ich hatte auch keine große Lust dazu. Das Haus hatte sich während meiner Abwesenheit mit Spinnweben gefüllt, und alles war wie mit einem grünen Film überzogen. Ich fühlte mich leer, verspürte keine Lust zu schreiben, und versuchte ich es trotzdem, war ich unfähig, länger als eine Stunde vor einem weißen Blatt stillzusitzen. In den ersten Tagen wusch ich mich nicht einmal, und an die Spinnweben hatte ich mich bald gewöhnt. Meine Beschäftigung beschränkte sich darauf, zur Post hinunterzugehen, wo ganz selten einmal ein Brief meiner Schwester aus Mexiko auf mich wartete, und auf dem Markt Fleischabfälle für die Hündin zu kaufen.

DIE WIRKLICHKEIT. Auf irgendeine Weise, die ich nicht erklären könnte, schien das Haus von etwas berührt, das es nicht gab, als ich es verließ. Alles wirkte heller, mein Sessel etwa kam mir leuchtend hell vor, und die Küche, obwohl voller Staub, der an Fettkrusten klebte, wirkte strahlend weiß, als könnte man durch sie hindurchsehen. (Um was zu sehen? Nichts: noch mehr Weiße.) Desgleichen besaßen alle Dinge eine größere Ausschließlichkeit. Die Küche war die Küche, der Tisch bloß der Tisch. Eines Tages werde ich versuchen, das zu erklären, aber wenn ich damals, zwei Tage nach meiner Rückkehr, Hände oder Ellbogen auf den Tisch stemmte, verspürte ich einen stechenden Schmerz, als *bisse* ich in etwas Unwiederbringliches.

Ruf den Chef an und sag ihm, es hat angefangen zu schneien. Auf der Mattscheibe: die Figur in Rückansicht. Sie sitzt mit angezogenen Knien auf dem Boden; vor ihr, als hätte sie selbst alles zu näherer Untersuchung so angeordnet, sehen wir ein Kaleidoskop, einen beschlagenen Spiegel, eine Unbekannte.

DAS BEOBACHTETE KALEIDOSKOP. Die Leidenschaft ist Geometrie. Rhomben, Zylinder, spreitende Winkel. Die Leidenschaft ist Geometrie, die in den Abgrund fällt, vom Abgrund aus beobachtet.

DIE BEOBACHTETE UNBEKANNTE. Vom heißen Wasser gerötete Brüste. Es ist sechs Uhr morgens, und die Stimme des Mannes aus dem Off sagt noch immer, er werde sie zum Zug begleiten. Nicht nötig, sagt sie, ihr Körper, der sich mit dem Rücken zur Kamera bewegt. Mit präzisen Handgriffen packt sie ihren Pyjama in den Koffer, schließt ihn, nimmt sich einen Spiegel, schaut hinein (hier bekommt der Zuschauer ein Bild von ihrem Gesicht: die Augen aufgerissen, schreckgeweitet), öffnet den Koffer, verstaut den Spiegel, schließt den Koffer wieder, Blende …

Diese Hoffnung, ich habe sie nicht gesucht. Diesen lautlosen Pavillon der Unbekannten Universität.

Gerona, 1981

DIE NEOCHILENEN

für Rodrigo Lira

Die Reise begann eines glücklichen Tages im November
Aber in gewisser Weise war die Reise schon zu Ende
Als wir sie unternahmen.
Alle Zeiten sind gleichzeitig, sagte Pancho Ferri,
Der Sänger. Oder im selben Fluss,
Was weiß man schon.
Die Prolegomena jedoch
Waren schlicht:
Wir bestiegen sichtlich resigniert
Den Kleinbus
Den uns in einem Anfall
Von Wahnsinn
Unser Manager gestiftet hatte
Und fuhren gen Norden,
Magnetnadelnorden der Träume
Und der vermeintlich
Sinnlosen Lieder
Der Neochilenen,
Ein Norden, wie sag ich's dir?,
Im weißen Taschentuch vorausgeahnt
Das manchmal
Wie ein Schweißtuch
Mein Gesicht bedeckte.
Ein weißes Taschentuch blütenrein
Oder nicht
Übertrugen sich doch darauf
Meine nomadischen Albträume
Und meine sesshaften Albträume.
Und Pancho Ferri
Fragte

Ob wir die Geschichte kannten
Von Arschgesicht
Und Rüsselschwein,
Dabei umklammerte er mit beiden Händen
Das Steuer
Und ließ den Bus vibrieren
Derweil wir aus Santiago
Hinauszufinden suchten,
Ließ ihn vibrieren, als wäre er
Die Brust
Von Arschgesicht
Auf der eine Last lag, fürchterlich
Für jeden Menschen.
Und mir fiel ein, dass wir am Tag
Bevor wir fuhren
In Santiagos Parque Forestal
Gewesen waren
Zu Besuch beim Denkmal
Für Rubén Darío.
Leb wohl, Rubén, lallten wir blau
Und zugedröhnt.
Jetzt verwirrt sich,
Was banal geschah,
Mit dem Verkündigungsgeschrei
Von wahren Träumen.
Aber so waren wir Neochilenen,
Reine Inspiration
Und von Methode keine Spur.
Und am nächsten Tag rauschten wir
Bis Pilpilco und Llay-Llay
Und passierten ohne anzuhalten
La Ligua und Los Vilos
Und querten den Fluss Petorca

Und den Fluss
Quilimari
Und den Choapa, bis wir
Nach La Serena
Und zum Fluss Elqui kamen
Und schließlich nach Copiapó
Und zum Fluss Copiapó
Wo wir Halt machten
Um Empanadas zu essen,
Kalt.
Und Pancho Ferri
Kam wieder mit den interkontinentalen
Abenteuern
Von Arschgesicht und Rüsselschwein,
Zwei Musikern aus Valparaíso
Heillos verloren
In Barcelonas Barrio Chino.
Und Arschgesicht, der Ärmste,
Sagte der Sänger,
War verheiratet und musste
Geld ranschaffen
Für seine Frau und seine Kinder
Vom Stamme Arschgesicht,
Weshalb er zu dealen begann
Mit Heroin
Und einem bisschen Kokain
Und freitags etwas Ecstasy
Für die Vasallen der Venus.
Und nach und nach, beharrlich stur,
Ging es für ihn bergan.
Und während Rüsselschwein
Dem Aldo Di Pietro,
Ihr erinnert euch?,

Im Café Puerto Rico Begleiter war,
Sah Arschgesicht sein Bankkonto
Und sein Selbstwertgefühl
Wachsen.
Und welche Lehren konnten
Die Neochilenen ziehen
Aus dem verbrecherischen Leben
Jener zwei südamerikanischen
Pilgerlinge?
Keine, außer dass die Grenzen
Fließend sind, die Grenzen
Relativ sind: Zierränder
Einer in der Leere gemünzten
Wirklichkeit.
Pascals Entsetzen
Haargenau.
Dieses Entsetzen, geometrisch
Und dunkel
Und kalt,
Sagte Pancho Ferri
Am Steuer unseres Boliden,
Immer in Richtung
Norden, bis
Toco,
Wo wir die Verstärkeranlage
Ausluden
Und zwei Stunden später
Fertig waren für den Auftritt:
Pancho Blitz-K.o.
Und die Neochilenen.
Ein Reinfall klein
Wie eine Nuss,
Obwohl ein paar Jugendliche

Uns halfen
Beim Wiedereinladen der Instrumente
In den Bus: Kinder
Aus Toco,
Durchsichtig wie
Die geometrischen Figuren
Von Blaise Pascal.
Und nach Toco Quillagua,
Hilaricos, Soledad, Ramaditas,
Pintados und Humberstone,
Auftritte in leeren Festsälen
Und Bordellen, konvertiert
Zu Krankenhäusern von Liliput,
Sehr seltsam das, sehr seltsam, dass es
Strom gab, sehr
Seltsam, dass die Wände
Halbwegs solide waren, kurz,
Lokalitäten, die uns
Ein wenig Angst machten
Und wo die Gäste
Ganz versessen waren
Auf *fist-fucking* und auf
Feet-fucking,
Und die Schreie, die aus
Den Fenstern drangen und
Über den betonierten Hof schallten
Vorbei an Freiluftlatrinen,
Zwischen Lagern voll
Verrosteter Werkzeuge
Und Schuppen, die alles Mondlicht
Einzuheimsen schienen,
Ließen uns die Haare
Zu Berge stehen.

Wie kann es
So viel Bosheit geben
In einem so neuen,
So kinkerlitzigen Land?
Ist das hier am Ende
Die Nuttenhölle?,
Fragte Pancho Ferri
Sich laut.
Und wir Neochilenen wussten darauf
Nichts zu antworten.
Ich überlegte vielmehr
Wie diese New Yorker Sex-Spielarten
Sich entwickeln konnten
In jenen Hinterwelten
Der Provinz.
Und mit leeren Taschen
Fuhren wir weiter hinauf:
Mapocho, Negreiros, Santa
Catalina, Tana,
Cuya und
Arica,
Wo wir etwas
Erholung fanden – und Schändliches.
Und drei Nächte Arbeit
Im *Camafeo* von
Don Luis Sánchez Morales, Offizier
Im Ruhestand.
Ein Lokal voll runder Tischchen
Und bauchiger Lämpchen
Handbemalt
Von der Mama von Don Luis,
Vermute ich.
Und das einzig wirklich Lustige

Das wir in Arica sahen
War die Sonne von Arica:
Eine Sonne wie eine Spur aus
Staub.
Eine Sonne wie Sand
Oder wie trickreich
In die unbewegliche Luft
Geworfener Kalk.
Der Rest: Routine.
Mörder und Konvertiten
Verwickelt in denselben Streit
Von Tauben und von Stummen,
Von im Fegefeuer
Losgelassenen Idioten.
Und der Anwalt Vivanco,
Ein Freund von Don Luis Sánchez,
Fragte, was zum Teufel wir sagen wollten
Mit diesem Neochilenenscheiß.
Neue Patrioten, sagte Pancho,
Während er der Versammlung
Den Rücken kehrte
Und sich im Bad einschloss.
Und der Anwalt Vivanco
Steckte die Pistole zurück
In ein Futteral
Aus italienischem Leder,
Eine feine Geste der Jungs
Vom Ordine Nuovo,
Gepunzt mit Sorgfalt und Geschick.
Weiß wie der Mond
Mussten wir in jener Nacht
Alle zusammen
Pancho Ferri ins Bett stecken.

Mit vierzig Grad Fieber
Begann er zu phantasieren:
Er wollte nicht mehr, dass unsere Band
Den Namen *Pancho Blitz-K.o.*
Und die Neochilenen trüge,
Sondern *Pancho Mysterio*
Und die Neochilenen:
Der Schrecken Pascals.
Der Schrecken der Sänger,
Der Schrecken der Reisenden,
Aber niemals der Schrecken
Der Kinder.
Und eines frühen Morgens,
Wie eine Diebesbande,
Verließen wir Arica
Und überquerten die Grenze
Der Republik.
Wer unsere Gesichter sah
Hätte meinen können, wir überquerten
Die Grenze der Vernunft.
Und das legendäre Peru
Öffnete sich vor unserem Bus
Mit seiner Schicht aus Staub
Und Unflat
Wie eine Frucht ohne Schale,
Wie eine schimärische Frucht
Den Unbilden ausgesetzt
Und Schimpf und Schande.
Eine Frucht ohne Haut
Wie eine abgebalgte Jugendliche.
Und Pancho Ferri, seit
Damals genannt Pancho
Mysterio, kam aus

Dem Fieber nicht heraus,
Bemurmelte wie ein Pope
Auf der Rückbank
Des Busses
Die Avatare – indisches Wort –,
Von Arschgesicht und Rüsselschwein.
Ein Leben zart und hart
Wie eines Gehenkten Seil und Suppe,
Das des Rüsselschweins und seines
Siamesischen Bruders im Glück:
Ein Leben oder eine Studie
Über die Launen des Windes.
Und die Neochilenen
Traten auf in Tacna,
In Mollendo und Arequipa,
Unter der Schirmherrschaft der Gesellschaft
Zur Förderung der Kunst
Und der Jugend.
Ohne Sänger trällerten
Die Lieder wir selbst
Oder machten mmm, mmm, mmmmh,
Während Pancho zerschmolz
Im Laderaum des Lieferwagens,
Von den Schimären verschlungen
Und den abgebalgten Jugendlichen.
Nadir und Zenit eines Verlangens,
Das Arschgesicht ahnend erfasste
Durch die Spiegelbrillen
Der Drogenhändler
Von Barcelona: Ein trügerischer
Glanz,
Ein Raum, winzig und leer,
Der nichts bedeutet,

Der nichts wert ist und der sich dir
Dennoch anbietet,
Gratis.
Und wenn wir gar nicht
In Peru wären?, fragten
Wir Neochilenen uns
Eines Nachts.
Was, wenn dieser
Riesige Raum
Der uns unterweist
Und begrenzt
Ein intergalaktisches Raumschiff wäre,
Ein Unbekanntes
Flugobjekt?
Und wenn das Fieber
Von Pancho Mysterio
Unser Treibstoff wäre
Oder unser Navigationsgerät?
Und nach der Arbeit
Zogen wir los und liefen
Durch die Straßen von Peru:
Vorbei an Militärpatrouillen,
Straßenverkäufern und Müßiggängern,
Spähten
In den Hügeln
Nach den Lagerfeuern des Sendero Luminoso,
Aber sahen nichts.
Die Finsternis, die
Die Ballungszentren umgab,
War total.
Sieht aus wie eine dem Zweiten
Weltkrieg entronnene
Grabplatte,

Sagte Pancho, ausgestreckt
Auf der Rückbank des Busses.
Er sagte: Filamente
Von Nazigenerälen wie
Reichenau oder Model
Entwichen im Geiste
Und ungewollter Weise
In die jungfräulichen Gefilde
Lateinamerikas:
Ein Hinterland aus Trugbildern
Und Gespenstern.
Unser Haus
Angesiedelt in der Geometrie
Der unmöglichen Verbrechen.
Und in den Nächten zogen wir gewöhnlich
Durch diverse Spelunken:
Die fünfzehnjährigen Nutten
Nachkömmlinge jener Schergen
Des Salpeterkrieges
Hörten uns gern reden
Wie Maschinengewehre.
Vor allem aber
Sahen sie gern Pancho
In mehrere kunterbunte Decken gehüllt
Mit einer Wollmütze
Aus dem Hochland
Behelmt bis über die Brauen
Auftauchend und abtauchend
Wie der Ritter
Der er immer war,
Ein Hans im Glück,
Der große kranke Liebende des chilenischen Südens,
Der Vater der Neochilenen

Und Mutter von Arschgesicht und Rüsselschwein,
Zwei armen Musikern aus Valparaíso,
Wie alle Welt weiß.
Und das Morgengrauen überraschte uns gewöhnlich
An einem Tisch ganz hinten
Im Gespräch über die anderthalb Kilo grauer Materie
Des Gehirns eines erwachsenen
Menschen.
Chemische Botschaften, sagte
Pancho Mysterio, fieberglühend,
Neuronen, die sich spornen
Und Neuronen, die sich hemmen
In den Weiten eines Verlangens.
Und die jungen Nutten sagten
Anderthalb Kilo graue
Materie
Sei reichlich, sei genug, wozu
Mehr verlangen.
Und Pancho brachen
Die Tränen aus, als er sie hörte.
Und dann kam die Sintflut
Und der Regen brachte das Schweigen
Über die Straßen von Mollendo,
Und über die Hügel,
Und über die Straßen
Des Nuttenviertels,
Und der Regen war der einzige
Gesprächspartner.
Seltsames Phänomen: Wir Neochilenen
Stellten unsere Unterhaltung ein
Und jeder auf eigene Faust
Besuchten wir die Müllhalden
Der Philosophie, die Schatzkammern, die

Amerikanischen Farben, den unverwechselbaren Stil
Von Geburt und Wiedergeburt.
Und eines Nachts nimmt unser Bus
Auf Lima Kurs, mit Pancho
Ferri am Steuer, wie in
Den alten Zeiten,
Nur dass jetzt eine Nutte
An seiner Seite saß.
Eine schlanke junge Nutte
Namens Margarita,
Eine Jugendliche ohnegleichen,
Bewohnerin des immer
Währenden Sturms.
Ihr Name hätte auch
Flinker
Schatten lauten können,
Die dunkle Hütte
Wo seine Wunden Pancho
Hatte heilen können.
Und in Lima lasen wir die Dichter
Perus:
Vallejo, Martín Adán und Jorge Pimentel.
Und Pancho Mysterio trat heraus
Auf die Bühne und war überzeugend
Und vielseitig.
Und dann, als wir alle noch zitterten
Und schwitzten,
Erzählte er uns die Geschichte
Eines Romans
Von einem alten chilenischen Schriftsteller.
Einem vom Vergessen Verschluckten.
Ein *nec spes nec metus*,
Sagten wir Neochilenen.

Und Margarita sagte:
Ein Romancier.
Und das Gespenst,
Die Schmerzensgrube
In die alle Anstrengung
Sich verkehrt,
Schrieb – so scheint es –
Einen Roman namens Kundalini,
Und Pancho, der sich kaum erinnerte,
Mühte sich ab, seine Worte
Wühlten in einer schrecklichen Kindheit
Voller Amnesie, gymnastischer
Übungen und Lügen,
Und genau so erzählte er sie uns,
Fragmentiert,
Der Schrei Kundalini,
Der Name einer Rennpferdstute
Und der kollektive Tod auf der Pferderennbahn.
Eine Pferderennbahn, die nicht mehr existiert.
Ein Loch, verankert
In einem Chile, inexistent
Und glücklich.
Und jene Geschichte wusste gut
Wie ein englischer Landschaftsmaler
Ins rechte Licht zu setzen
Unsere Angst und unsere Träume
Die von Ost nach West wanderten
Und von West nach Ost,
Während wir, die realen
Neochilenen,
Unterwegs waren von Süd
Nach Nord.
Und so langsam

Dass wir stillzustehen schienen.
Und Lima war ein Augenblick
Des Glücks,
Kurz, aber wirkungsvoll.
Und was, sagte Pancho,
Verbindet Morpheus, den Gott
Des Schlafs,
Mit *morfar*, vulgo
Futtern?
Ja, das sagte er,
Um die Hüfte gefasst
Von der schönen Margarita,
Gertenschlank und fast nackt
In einer Bar in Lince, einer Nacht,
Die zerlesen und zerrissen und
Besessen war
Von den Blitzen
Der Schimäre.
Unser Hunger.
Unser offener Mund
Durch den der Fraß
Eintritt
Und aus dem
Die Träume Austreten:
Fossile
Koloriert mit der Palette
Der Apokalypse.
Überlebende, sagte Pancho
Ferri.
Lateinamerikaner im Glück.
Das ist alles.
Und eines Nachts vorm Losfahren
Sahen wir Pancho

Und Margarita
Stehend in einem Sumpf
Grenzenlos.
Und damals verstanden wir,
Dass die Neochilenen
Für immer und ewig
Vom Zufall
Regiert sein würden.
Die Münze
Sprang wie ein Insekt
Aus Metall
Zwischen seinen Fingern:
Kopf, nach Süden,
Zahl, nach Norden,
Und dann stiegen wir alle
In den Bus
Und die Stadt
Der Legenden
Und der Angst
Blieb zurück.
Eines glücklichen Januartages
Überquerten wir
Wie Kinder der Kälte,
Der unbeständigen Kälte
Oder des Ecce Homo,
Die Grenze zu Ecuador.
Damals war Pancho
28 oder 29 Jahre alt
Und sollte bald sterben.
Und Margarita 17.
Und keiner der Neochilenen
War älter als 22.

Blanes, 1993

EIN SPAZIERGANG DURCH DIE LITERATUR

für Rodrigo Pinto und Andrés Neuman

1. Ich träumte, Georges Perec sei drei Jahre alt und käme mich besuchen. Ich umarmte ihn, ich küsste ihn, ich sagte ihm, er sei ein wunderbares Kind.

2. Halbfertig sind und bleiben wir, Vater, nicht Fisch, nicht Fleisch, verloren in der Herrlichkeit dieser nicht endenden Müllhalde, uns irrend und verirrend, tötend und um Vergebung bittend, manisch Depressive in deinem Traum, Vater, deinem Traum, der unbegrenzt war und den wir tausend- und abertausendmal wieder ergründet haben, wie lateinamerikanische Detektive, verloren in einem Labyrinth aus Glas und Lehm, unterwegs im Regen, Filme schauend, in denen Alte vorkamen, die *Tornado! Tornado!* schrien, den Dingen letzte Blicke schenkend, aber ohne sie zu sehen, wie Gespenster, wie Kröten am Grund eines Brunnens, Vater, verloren im Elend deines utopischen Traums, verloren in der Vielfalt deiner Stimmen und deiner Abgründe, manisch Depressive im unermesslichen Saal der Hölle, wo dein Humor gekocht wird.

3. Halbfertig, nicht Fisch, nicht Fleisch, bipolar und imstande, den Orkan zu reiten.

4. In diesen Trostlosigkeiten, Vater, wo von deinem Lachen nur archäologische Reste blieben.

5. Wir, die *nec spes nec metus.*

6. Und jemand sagte:

Schwester unseres grausamen Gedächtnisses,
über den Mut verliert man besser kein Wort.
Wer die Angst hat besiegen können,
ist mutig geworden für immer.
Tanzen wir also, während die Nacht vorbeizieht
wie ein gigantischer Schuhkarton
oberhalb von Steilküste und Terrasse,
in einer Falte der Wirklichkeit, des Möglichen,
wo Liebenswürdigkeit keine Ausnahme ist.
Tanzen wir im ungewissen Widerschein
der lateinamerikanischen Detektive,
eine Regenpfütze, in der unsere Gesichter widerscheinen
alle zehn Jahre.

Danach kam der Traum.

7. Ich träumte damals, ich besuchte Alonso de Ercilla in seinem Anwesen. Ich war sechzig und von Krankheit zerrüttet (ich ging buchstäblich in die Brüche). Ercilla war neunzig und lag in einem riesigen Himmelbett im Sterben. Der Alte sah mich verächtlich an und bat mich dann um ein Glas Schnaps. Fieberhaft suchte ich nach dem Schnaps, fand aber nur Sattelzeug.

8. Ich träumte, ich spazierte die Uferpromenade von New York entlang und sähe von weitem die Gestalt Manuel Puigs. Er trug ein himmelblaues Hemd und eine leichte Stoffhose, hellblau oder dunkelblau, je nachdem.

9. Ich träumte, Macedonio Fernández erschiene am Himmel von New York in Form einer Wolke: einer Wolke ohne Nase und Ohren, aber mit Augen und Mund.

10. Ich träumte, ich befände mich auf einem Weg in Afrika, der plötzlich zu einem Weg in Mexiko wurde. Auf einem Felsen saß Efraín Huerta beim Würfelspiel mit den Bettelpoeten von DF.

11. Ich träumte, ich stieße auf einem vergessenen Friedhof in Afrika auf das Grab eines Freundes, an dessen Gesicht ich mich nicht mehr erinnern konnte.

12. Ich träumte, man klopfte eines Nachmittags an meine Haustür. Es schneite. Ich hatte weder einen Ofen noch Geld. Ich glaube, man drehte mir irgendwann sogar den Strom ab. Und wer stand auf der anderen Seite der Tür? Enrique Lihn mit einer Flasche Wein, einem Fresskorb und einem Scheck von der Unbekannten Universität.

13. Ich träumte, im Atomkraftwerk von Civitavecchia läse ich Stendhal: Ein Schatten huschte durch die gefliesten Reaktoren. Das ist das Gespenst von Stendhal, sagte ein junger Mann mit Stiefeln und nacktem Oberkörper. Und wer bist du?, fragte ich ihn. Ich bin der Fliesen-Junkie, der Husar der Fliesen und der Scheiße, sagte er.

14. Ich träumte, dass ich träumte, die Revolution hatten wir verloren, bevor wir sie machten, und ich beschloss, nach Hause zu gehen. Bei dem Versuch, mich ins Bett zu legen, stieß ich auf den schlafenden De Quincey. Wachen Sie auf, Sir Thomas, sagte ich, gleich graut der Morgen, Sie müssen gehen. (Als wäre De Quincey ein Vampir.) Aber niemand hörte mich, und ich trat wieder hinaus auf die dunklen Straßen von Mexiko DF.

15. Ich träumte, ich sähe Aloysius Bertrand am selben Tag zur Welt kommen und sterben, fast ohne zeitlichen Abstand, als lebten wir beide in einem steinernen Kalender, verloren im All.

16. Ich träumte, ich sei ein alter, kranker Detektiv. So krank, dass ich buchstäblich zu Bruch ging. Ich folgte den Spuren von Gui Rosey. Lief durch die Viertel einer Hafenstadt, die Marseille sein konnte oder nicht. Ein alter, liebenswürdiger Chinese führte mich schließlich zu einem Keller. Das ist alles, was von Rosey übrig ist, sagte er. Ein Häufchen Asche. In diesem Zustand könnte es auch Li Bai sein, erwiderte ich.

17. Ich träumte, ich sei ein alter, kranker Detektiv und suchte nach längst verschollenen Personen. Manchmal sah ich mich zufällig in einem Spiegel und erkannte Roberto Bolaño.

18. Ich träumte, Archibald MacLeish weinte – gerade mal drei Tränen – auf der Terrasse eines Restaurants in Cape Cod. Es war nach Mitternacht, und obwohl ich nicht wusste, wie ich von dort wegkommen sollte, saßen wir am Ende da und tranken und stießen an auf die Unbeugsame Neue Welt.

19. Ich träumte von den Leblosen und den Vergessenen Stränden.

20. Ich träumte, die Leiche kehre zurück ins Gelobte Land auf dem Rücken einer Legion Mechanischer Stiere.

21. Ich träumte, ich sei vierzehn und das letzte menschliche Wesen auf der südlichen Hemisphäre, das die Brüder Goncourt las.

22. Ich träumte, ich träfe Gabriela Mistral in einem Dorf in Afrika. Sie war etwas dünner geworden und hatte es sich zur Gewohnheit gemacht, auf dem Boden sitzend zu schlafen, mit dem Kopf auf den Knien. Sogar die Moskitos schienen sie zu kennen.

23. Ich träumte, ich kehrte in einem Bus voll toter Tiere aus Afrika zurück. An irgendeiner Grenze tauchte ein gesichtsloser Tierarzt auf. Sein Antlitz war wie Gas, aber ich wusste, wer er war.

24. Ich träumte, Philip K. Dick schlendere durch das Atomkraftwerk von Civitavecchia.

25. Ich träumte, Archilochos durchquere eine Wüste aus menschlichen Knochen. Er machte sich selbst Mut: »Komm schon, Archilochos, nicht schlapp machen, vorwärts, vorwärts.«

26. Ich träumte, ich sei fünfzehn und besuchte Nicanor Parra in seinem Haus, um mich zu verabschieden. Als ich ankam, stand er da, an eine schwarze Wand gelehnt. Wohin gehst du, Bolaño?, fragte er. Fort aus der südlichen Hemisphäre, antwortete ich.

27. Ich träumte, ich sei fünfzehn und verließe tatsächlich die südliche Hemisphäre. Als ich das einzige Buch, das ich besaß (*Trilce* von Vallejo), in meinen Rucksack steckte, ging es in Flammen auf. Es war sieben Uhr abends, und ich warf meinen verkohlten Rucksack aus dem Fenster.

28. Ich träumte, ich sei sechzehn und Martín Adán gäbe mir Klavierunterricht. Die Finger des Alten, lang wie die von Gummimann Mister Fantastic, verschwanden im Boden und klimperten auf einer Reihe unterirdischer Vulkane.

29. Ich träumte, ich übersetzte Vergil mit einem Stein. Ich saß nackt auf einer großen Basaltplatte, und die Sonne trieb, wie die Jagdflieger sagen, bedrohlich bei fünf Uhr.

30. Ich träumte, ich läge in einem afrikanischen Innenhof und stürbe, und ein Dichter namens Paulin Joachim redete französisch auf mich ein (ich verstand nur Bruchstücke wie *»der Trost«*, *»die Zeit«*, *»die Jahre, die noch kommen«*), während an einem Ast baumelnd ein gehenkter Affe hing.

31. Ich träumte, die Welt ginge unter. Und das einzige menschliche Wesen, das ihrem Ende zusah, wäre Franz Kafka. Im Himmel kämpften die Titanen auf Leben und Tod. Von einer schmiedeeisernen Bank im New Yorker Central Park aus sah Kafka die Welt brennen.

32. Ich träumte, dass ich träumte und zu spät zurück nach Hause käme. In meinem Bett fand ich Mario de Sá-Carneiro schlafend mit meiner ersten Liebe. Als ich ihnen die Decke wegzog, stellte ich fest, dass sie beide tot waren, und mir auf die Lippen beißend, bis sie bluteten, kehrte ich zurück auf die umliegenden Straßen.

33. Ich träumte, Anakreon erbaute auf der Kuppe eines kahlen Hügels sein Schloss und zerstörte es wieder.

34. Ich träumte, ich sei ein uralter lateinamerikanischer Detektiv. Ich lebte in New York, und Mark Twain heuerte mich an, um jemandem, der kein Gesicht hatte, das Leben zu retten. Sieht nach einem verflixt komplizierten Fall aus, Mister Twain, sagte ich zu ihm.

35. Ich träumte, ich verliebte mich in Alice Sheldon. Sie liebte mich nicht. So versuchte ich, auf drei Kontinenten den Tod zu finden. Die Jahre vergingen. Endlich, ich war schon sehr alt, tauchte sie am anderen Ende der New Yorker Uferpromenade auf und gab mir mit Zeichen zu verstehen (wie man sie auf Flugzeugträgern den Piloten beim Anflug macht), sie habe mich immer geliebt.

36. Ich träumte, ich machte auf einer riesigen Basaltplatte mit Anaïs Nin eine 69.

37. Ich träumte, ich vögelte mit Carson McCullers in einem abgedunkelten Zimmer im Frühjahr 1981. Und beide fühlten wir uns auf irrationale Weise glücklich.

38. Ich träumte, ich kehrte in mein altes Gymnasium zurück und Alphonse Daudet sei mein Französischlehrer. Etwas Unmerkliches gab uns zu verstehen, dass wir träumten. Daudet schaute alle naslang aus dem Fenster und rauchte Tartarins Pfeife.

39. Ich träumte, ich schliefe ein, während meine Schulkameraden versuchten, Robert Desnos aus dem Konzentrationslager von Theresienstadt zu befreien. Als ich erwachte, befahl mir eine Stimme, ich solle mich in Bewegung setzen. Schnell, Bolaño, schnell, es gibt keine Zeit zu verlieren. Als ich ankam, fand ich nur einen alten Detektiv, der in den vom Überfall rauchenden Ruinen stocherte.

40. Ich träumte, ein Sturm geisterhafter Zahlen sei alles, was drei Milliarden Jahre nachdem die Welt zu existieren aufgehört hatte, von den Menschen übrig blieb.

41. Ich träumte, dass ich träumte und in den Tunneln der Träume dem Traum von Roque Dalton begegnete: dem Traum der Tapferen, die für eine beschissene Schimäre starben.

42. Ich träumte, ich sei achtzehn und sähe, wie mein bester Freund von damals, der auch achtzehn war, es mit Walt Whitman trieb. Sie taten es auf einem Sessel, beim Betrachten der stürmischen Abenddämmerung von Civitavecchia.

43. Ich träumte, ich sei inhaftiert und Boethius mein Zellengenosse. Sieh mal, Bolaño, sagte er, während er mir im Halbdunkel Hand und Schreibfeder entgegenstreckte: Sie zittern nicht!, sie zittern nicht! (Nach einer Weile fügte er mit ruhiger Stimme hinzu: Aber sie werden zittern, wenn sie Theoderich, den Scheißkerl, wiedererkennen.)

44. Ich träumte, ich übersetzte den Marquis de Sade mit dem Hackebeil. Ich war verrückt geworden und lebte in einem Wald.

45. Ich träumte, Pascal spräche in einer Kneipe von Civitavecchia in kristallklaren Worten von der Angst: »*Die Wunder dienen nicht der Bekehrung, sondern der Verdammnis*«, sagte er.

46. Ich träumte, ich sei ein alter lateinamerikanischer Detektiv und eine mysteriöse Stiftung hätte mich beauftragt, die Sterbeurkunden der Fliegenden Sudacas zu finden. Ich reiste durch die ganze Welt: Krankenhäuser, Schlachtfelder, Pulque-Kneipen, verlassene Schulen.

47. Ich träumte, Baudelaire triebe es mit einem Schatten in einem Zimmer, in dem ein Verbrechen begangen worden war. Aber Baudelaire scherte das nicht. Immer das Gleiche, sagte er.

48. Ich träumte, eine sechzehnjährige Jugendliche beträte den Tunnel der Träume und weckte uns mit zwei verschiedenen Ruten. Das Mädchen lebte in einem Irrenhaus und wurde allmählich immer verrückter.

49. Ich träumte, in den Kutschen, die in Civitavecchia ein- und ausfuhren, sähe ich das Gesicht von Marcel Schwob. Es war eine flüchtige Vision. Ein fast durchsichtiges Gesicht mit müden Augen, von Glück und Schmerz verzerrt.

50. Ich träumte, nach dem Sturm würden sich ein russischer Schriftsteller und auch seine französischen Freunde aufs Glück verlegen. Ohne etwas zu fragen oder um etwas zu bitten. So wie jemand bewusstlos auf seinem Lieblingsteppich zusammenbricht.

51. Ich träumte, die Träumer seien in den Blumenkrieg gezogen. Keiner war zurückgekommen. Auf den Anschlagstafeln vergessener Militärlager in den Bergen gelang es mir, einige Namen zu entziffern. Von einem fernen Ort aus übermittelte eine Stimme wieder und wieder die Parolen, die ihr Schicksal besiegelt hatten.

52. Ich träumte, der Wind rüttelte am verwitterten Schild einer Kneipe. Drinnen saß James Matthew Barrie mit fünf bedrohlich wirkenden Gentlemen beim Würfelspiel.

53. Ich träumte, ich kehrte zurück auf die Straßen, aber diesmal war ich nicht fünfzehn, sondern über vierzig. Ich besaß nur ein Buch, das ich in meinem kleinen Rucksack bei mir trug. Während ich so ging, fing das Buch plötzlich Feuer. Der Morgen graute, und es fuhren kaum Autos vorbei. Als ich den verkohlten Rucksack in einen Graben warf, fühlte ich, dass mir der Rücken juckte, als wenn ich Flügel hätte.

54. Ich träumte, Afrikas Wege seien voller Goldschürfer, Bandeirantes, Summulisten.

55. Ich träumte, niemand stürbe am Vorabend.

56. Ich träumte, ein Mann würfe einen Blick zurück auf die anamorphe Landschaft seiner Träume, und sein Blick sei hart wie Stahl, zersplittere aber gleichwohl in vielfältige, immer unschuldigere, immer hilflosere Blicke.

57. Ich träumte, Georges Perec sei drei Jahre alt und weinte bitterlich. Ich versuchte ihn zu beruhigen. Ich nahm ihn in den Arm, kaufte ihm Süßigkeiten, Malbücher. Dann gingen wir an die New Yorker Uferpromenade, und während er auf der Rutsche spielte, dachte ich im Stillen: Ich tauge nichts, dazu aber tauge ich doch, dich zu behüten, niemand wird dir weh tun, niemand wird versuchen, dich umzubringen. Dann begann es zu regnen, und wir gingen seelenruhig nach Hause. Aber wo war unser Zuhause?

Blanes, 1994

INHALT

DIE ROMANTISCHEN HUNDE

ROBERTO BOLAÑO wurde 1953 in Chile geboren. Nach dem Militärputsch von 1973 ging er ins Exil nach Mexiko und 1976 nach Spanien. 2003 starb er in Barcelona. Bolaño zählt zu den wichtigsten lateinamerikanischen Autoren des 20. Jahrhunderts. Sein Werk wurde mit zahlreichen Literaturpreisen ausgezeichnet, darunter der National Book Critics Circle Award für die amerikanische Ausgabe seines Romans *2666*. Bei Hanser erschienen zuletzt die Romane *2666* (2009), *Lumpenroman* (2010), *Das Dritte Reich* (2011) und *Die Nöte des wahren Polizisten* (2013) sowie *Mörderische Huren* (Erzählungen, 2014).

HEINRICH VON BERENBERG arbeitete über zwanzig Jahre als Lektor, bevor er 2004 gemeinsam mit seiner Frau einen eigenen Verlag gründete. Er übersetzte u. a. Roberto Bolaños *Die wilden Detektive*.

CHRISTIAN HANSEN, 1962 in Köln geboren, lebt in Berlin und Madrid. Er übersetzte u. a. Werke von César Aira, Roberto Bolaño, Amin Maalouf, Alan Pauls, Patricio Pron und Vizconde de Lascano Tegui.

Roberto Bolaño

Die Nöte des wahren Polizisten

Roman

Als Roberto Bolaño mit 50 Jahren starb, hinterließ er einen Schreibtisch voller Manuskripte, darunter auch »Die Nöte des wahren Polizisten«, den Roman, an dem er bis zuletzt schrieb. Humorvoll und mit Witz erzählt er die Geschichte eines Literaturprofessors, der wegen einer homosexuellen Affäre Barcelona verlassen muss und mit seiner Tochter nach Mexiko zurückkehrt, nach Santa Teresa, der abgelegenen Grenzstadt aus »2666«. Doch kann jemand, der sich so tief in das Labyrinth der Literatur verstrickt hat, es je verlassen?

»Es ist ein großes Buch, von erschreckender Wucht.«
Uwe Stolzmann, Deutschlandradio

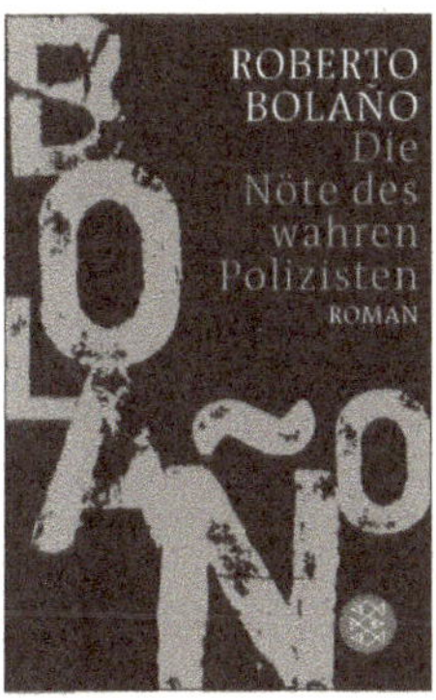

Aus dem Spanischen
von Christian Hansen
272 Seiten, broschiert

Weitere Informationen finden Sie auf
www.fischerverlage.de